Tradução de Francisco Degani

LUIGI PIRANDELLO

CADERNOS DE SERAFINO GUBBIO OPERADOR

©*Copyright* Editora Nova Alexandria, 2025.
Em conformidade com a Nova Ortografia.

Todos os direitos reservados.
Editora Nova Alexandria Ltda.
Rua Engenheiro Sampaio Coelho, 111
04261-080 São Paulo, SP
Fone: (11) 2215-6252
Site: www.editoranovaalexandria.com.br

Coordenação Editorial: Nova Alexandria
Revisão: Nova Alexandria
Capa, Projeto Gráfico e Editoração Eletrônica: Maurício Mallet Art & Design

Dados Internacionais de Catalogação na Publicação (CIP)

Pirandello, Luigi.
Cadernos de Serafino Gubbio Operador / Luigi Pirandello; Tradução de Francisco Degani. – 1. ed. – São Paulo, SP : Editora Nova Alexandria, 2024. 240 p.; 16 x 23 cm. (Série Didática).

Título original: Cuadernos de Serafino Gubbio Operador.
ISBN 978-85-7492-514-1

1. Literatura Italiana. 2. Luigi Pirandello. 3. Romance de Formação. I. Título. II. Assunto. III. Autor. IV. Tradutor.

CDD 853
CDU 82-31(450)

Índices para catálogo sistemático:
1. Literatura italiana: romance.
2. Literatura: romance (Itália).

SUMÁRIO

Caderno Primeiro	7
Caderno Segundo	31
Caderno Terceiro	57
Caderno Quarto	87
Caderno Quinto	133
Caderno Sexto	171
Caderno Sétimo	203

LUIGI PIRANDELLO

CADERNOS DE SERAFINO GUBBIO OPERADOR

Caderno Primeiro

I

Observo as pessoas nas suas mais comuns ocupações, para ver se consigo descobrir nos outros o que me falta em tudo o que eu faço: a certeza de que entendam o que estão fazendo.

De início, sim, me parece que muitos a têm, pelo modo como se olham e se cumprimentam, correndo aqui e ali atrás de suas tarefas e seus caprichos. Mas depois, se paro para olhá-los um pouco nos olhos, com esses meus olhos atentos e silenciosos, logo se ofendem. Alguns, aliás, perdem-se numa perplexidade tão inquieta, que, se eu continuar olhando-os mais um pouco, talvez me xinguem ou me agridam.

Não, calma. Isto me basta: saber, senhores, que não está claro nem certo para vocês também o tanto que lhes é aos poucos determinado pelas normalíssimas condições em que vivem. Há um "algo mais" em tudo. Vocês não querem ou não sabem vê-lo. Mas assim que esse "algo mais" rebrilha nos olhos de um ocioso como eu, que se mete a observá-los, vocês se perdem, perturbam-se ou se irritam.

Eu também conheço o maquinismo externo, quero dizer, mecânico da vida que, fragorosa e vertiginosamente, nos ocupa sem trégua. Hoje, isso e aquilo; este ou aquele afazer; correr aqui, com o relógio na mão, para estar lá a tempo. – Não, meu caro, obrigado, não posso! – Ah, é verdade? Sorte sua! Preciso ir... – Às onze, o almoço. – O jornal, a bolsa, o escritório, a escola... – Tempo bom, que pena! Mas os negócios... – Quem está passando? Ah, um carro fúnebre... Uma saudação, às pressas, a quem já se foi. – A loja, a fábrica, o tribunal...

Ninguém tem tempo ou jeito de parar por um momento para pensar se o que vê os outros fazerem, o que ele mesmo faz, é realmente o que mais lhes convém, o que lhes pode dar a verdadeira certeza, somente na qual poderiam encontrar descanso. O descanso que nos é dado depois de tanto fragor e tanta vertigem é carregado por tanto cansaço, aturdido por tanta tontura, que não nos é mais possível nos concentramos um minuto para pensar. Com uma das mãos seguramos a cabeça, com a outra fazemos um gesto de bêbados.

— Vamos nos divertir!

Sim. Mais cansativos e complicados do que o trabalho achamos os divertimentos que se nos oferecem, de modo que do descanso só conseguimos um aumento do cansaço.

Olho as mulheres pela rua, como se vestem, como caminham, os chapéus que usam; os homens, os aspectos que têm ou que se dão, escuto suas conversas, seus propósitos; e em certos momentos me parece tão impossível acreditar na realidade do que vejo e ouço, que, por outro lado, não podendo acreditar que todos façam por brincadeira, me pergunto se realmente todo esse fragoroso e vertiginoso mecanismo da vida, que dia a dia cada vez mais sempre se complica e se acelera, não tenha levado a humanidade a um estado de loucura, que logo prorromperá frenética para tumultuar e destruir tudo. No fim das contas, talvez seja um ganho. Não por nada, vejam bem: para colocar um ponto final de uma vez por todas e começar de novo.

Aqui entre nós, ainda não chegamos a ver o espetáculo, que dizem ser frequente na América, de homens que, no meio de uma tarefa qualquer, em meio ao tumulto da vida, caem fulminados. Mas talvez, se Deus ajudar, logo chegaremos lá. Sei que se preparam muitas coisas. Ah, trabalha-se! E eu — modestamente — sou um dos empregados desses trabalhos *para o divertimento*.

Sou operador. Mas realmente, ser operador, no mundo em que vivo e do qual vivo, não quer dizer operar.

Eu não opero nada.

É assim. Coloco sobre o tripé de pernas retráteis a minha maquineta. Um ou dois cenógrafos, conforme as minhas indicações, traçam no tapete ou na plataforma com uma longa vara e um lápis azul os limites dentro dos quais os atores devem se mover para manter a cena em foco.

Isto se chama *marcar o campo*.

Os outros marcam, eu não, eu só empresto meus olhos à maquineta para que possa indicar até onde chega o *alcance*.

Montada a cena, o diretor distribui os atores e lhes sugere a ação a desenvolver.

Eu pergunto ao diretor:

— Quantos metros?

O diretor, de acordo com o tamanho da cena, me diz aproximadamente o número de metros de película que precisaremos, depois grita aos atores:

— Atenção, rodando!

E eu começo a rodar a manivela.

Eu poderia ter a ilusão de que, rodando a manivela, faça os atores se moverem, mais ou menos como o tocador de realejo faz a sonata rodando o manúbrio. Mas não tenho essa nem outra ilusão, e continuo a rodar até que a cena termine; depois, olho na maquineta e digo ao diretor:

— Dezoito metros, — ou: — trinta e cinco.

É só isso.

Um senhor, vindo bisbilhotar, uma vez me perguntou:

— Desculpe, ainda não se encontrou um modo de fazer a maquineta rodar sozinha?

Ainda vejo a cara desse homem: esguia, pálida, com ralos cabelos loiros; olhos azuis, astutos, cavanhaque em ponta, amarelado, sob o qual se escondia um sorrisinho que desejava parecer tímido e cortês, mas era malicioso. Porque com aquela pergunta queria me dizer:

— O senhor é mesmo necessário? O que o senhor é? *A mão que roda a manivela.* Não seria possível ficar sem essa mão? O senhor não poderia ser suprimido, substituído por algum mecanismo?

Sorri e respondi:

— Talvez com o tempo, senhor. Para dizer a verdade, a qualidade fundamental que se requer de alguém que tenha a minha profissão é a *impassibilidade* diante da ação que se passa na frente da máquina. Um mecanismo, por essa razão, sem dúvida seria mais adequado e preferível ao homem. Mas a dificuldade mais grave, por ora, é esta: encontrar um mecanismo que possa regular o movimento conforme a ação que se passa na frente da máquina, já que eu, caro senhor, não rodo sempre do mesmo modo a manivela, mas ora mais depressa, ora mais devagar, conforme a necessidade. Porém, não duvido que com o tempo — sim, senhor — se chegará a me suprimir. A maquineta — até esta maquineta, como tantas outras maquinetas — rodará sozinha. Mas o que fará depois o homem quando todas as maquinetas rodarem sozinhas, isso, caro senhor, ainda se vai ver.

Satisfaço, escrevendo, a uma poderosa necessidade de desabafar. Descarrego minha impassibilidade profissional e também me vingo, e comigo vingo muitos condenados como eu a ser apenas *a mão que roda uma manivela.*

Isso deveria acontecer e finalmente aconteceu!

O homem que antes, poeta, deificava seus sentimentos e os adorava, ao jogar fora os sentimentos, estorvo não só inútil, mas também nocivo, tornando-se sábio e industrioso, começou a fabricar, de ferro e de aço, as suas novas divindades e se tornou servo e escravo delas.

Viva a Máquina que mecaniza a vida!

Ainda lhes resta, senhores, um pouco de alma, um pouco de coração e de mente? Entreguem-nos, entreguem-nos às máquinas vorazes, que nos esperam! Vocês verão e sentirão que produtos de deliciosas besteiras saberão tirar delas.

Para a fome delas, na pressa premente de saciá-las, que alimento pode ser extraído de vocês todos os dias, todas as horas, todos os minutos?

É forçosamente o triunfo da estupidez, depois de tanto engenho e tanto estudo gastos para a criação desses monstros, que deveriam ser instrumentos e se tornaram, por força, nossos patrões.

A máquina é feita para agir, para se mover, necessita engolir a nossa alma, devorar a nossa vida. E como querem que nos devolvam a alma e a vida em produção centuplicada e contínua? Assim: em pedacinhos e bocadinhos, todos iguais, estúpidos e precisos, para fazer com eles, para erguer, um sobre o outro, uma pirâmide que poderia chegar às estrelas. Estrelas não, senhores! Não acreditem nisso. Nem à altura de um poste telegráfico. Um sopro os derruba e rolam pelo chão, e esse estorvo, não mais dentro, mas fora, faz com que — Deus, estão vendo quantas caixas, caixinhas, caixões, caixetas? — não saibamos mais onde colocar os pés, como dar um passo. Essa é a produção da nossa alma, as caixinhas da nossa vida!

O que querem fazer? Eu estou aqui. Sirvo à minha máquina enquanto a rodo para que possa comer. Mas a alma, para mim, não serve. Serve-me a mão, isto é, serve à máquina. Vocês devem dar, senhores, a alma como alimento, como alimento a vida, à maquineta que eu rodo. Se me permitem, vou me divertir com o produto que sairá. Um belo produto e um belo divertimento, garanto-lhes.

Meus olhos e meus ouvidos, pelo longo hábito, já começam a ver e ouvir tudo sob uma espécie de rápida, trêmula, matraqueante reprodução mecânica.

Não nego: a aparência é leve e vivaz. Vai-se, voa-se. E o vento da corrida dá uma ansiedade atenta, alegre, aguda, e desfaz todos os pensamentos. Em frente! Em frente para que não se tenha tempo nem modo de sentir o peso da tristeza, a humilhação da vergonha que ficam dentro, no fundo. Fora é um relampejar contínuo, um cintilar incessante: tudo brilha e desaparece.

O que é? Nada. Já passou! Talvez fosse uma coisa triste, mas não, já passou.

Há um incômodo, porém, que não passa. Estão ouvindo? Um vespão que zumbe sempre, soturno, sombrio, ríspido, ao fundo, sempre. O que é? O zumbido dos postes telegráficos? O arrastar contínuo da roldana pelo fio dos bondes elétricos? O rumor insistente de muitas máquinas, próximas, distantes? O motor de um automóvel? O som do aparelho cinematográfico?

Não se sente as batidas do coração, não se sente o pulsar das artérias. Ai de nós se sentíssemos! Mas esse zumbido, esse matraquear perpétuo, sim, e dizer que não é natural toda essa fúria turbinosa, todo esse brilhar e desaparecer de imagens, mas que têm um mecanismo por trás, que parece segui-lo, chiando desabaladamente.

Vai quebrar?

Ah, é melhor não prestar atenção. Daria uma ansiedade cada vez mais crescente, uma exasperação insuportável; faria enlouquecer.

Em nada, em nada mesmo, em meio a esta agitação vertiginosa, que assalta e derruba, seria preciso prestar atenção. Captar, instante por instante, a rápida passagem de semblantes e casos, e só, até que o zumbido cesse para cada um de nós.

Não consigo me esquecer do homem que encontrei há alguns anos, na mesma noite em que cheguei a Roma.

Noite de novembro, muito fria. Eu andava em busca de um alojamento modesto, não para mim, costumo passar as noites ao aberto, amigo das corujas e das estrelas, mas para minha maleta, que era toda a minha casa, deixada no depósito da estação; foi quando topei por acaso com um meu amigo de Sassari, há muito tempo perdido de vista: Simone Pau, homem de costumes muito singulares e desinibidos. Depois de ouvir as minhas míseras condições, ele me propôs ir dormir por aquela noite em seu hotel. Aceitei, e saímos a pé pelas ruas quase desertas. No caminho, eu lhe falava das minhas muitas desgraças e das escassas esperanças que haviam me levado a Roma. Simone Pau levantava de vez em quando a cabeça descoberta, na qual os longos cabelos grisalhos, lisos, são repartidos ao meio por uma única risca, mas em ziguezague, porque é feita com os dedos em falta de pente. Estes cabelos, jogados dos dois lados atrás das orelhas, formavam uma curiosa melena rala, desigual. Soltava uma grande baforada de fumo e ficava um tempo me escutando com a enorme boca túmida aberta, como a de uma antiga máscara cômica. Os olhos de rato, astutos, muito vivos, às vezes brilhavam aqui e ali como que presos na ratoeira daquele rosto largo, rude, maciço, de camponês feroz e ingênuo. Eu achava que ficasse assim, com a boca aberta, para rir de mim, das minhas desgraças e das minhas esperanças. Mas, a um certo ponto, o vi parar no meio da rua iluminada lugubremente pelos lampiões e o ouvi dizer alto no silêncio da noite:

— Desculpe, mas o que sei eu do monte, da árvore, do mar? O monte é monte porque eu digo: *aquilo é um monte*. O que significa: *eu sou o monte*. O que somos nós? Somos o que de vez em quando nos percebemos. Eu sou o monte, a árvore, o mar. Eu também sou a estrela, que ignora a si mesma!

Fiquei atordoado. Mas por pouco tempo. Eu também tenho — inextirpavelmente radicada no mais profundo do meu ser — a mesma doença de meu amigo. A qual, penso, demonstra do modo mais claro que tudo o que acontece talvez aconteça porque a terra não é feita para os homens, mas para os animais. Porque os animais têm da natureza só o tanto que lhes basta e é necessário para viver nas condições a que foram, cada um segundo sua espécie, destinados; ao passo que os homens têm algo de *supérfluo*, que inútil e continuamente os atormenta, nunca os deixando satisfeitos com nenhuma condição e sempre os deixando incertos de seu destino. *Supérfluo* inexplicável. Alguns, para se desafogar, criam na natureza um mundo fictício, que tem sentido e valor só para eles, mas com o qual eles mesmos não conseguem e não podem nunca se contentar, de modo que, sem descanso, freneticamente o mudam e remudam, o que, tendo sido por eles mesmos construído pela necessidade de explicar e desafogar uma atividade da qual não se vê a finalidade nem a razão, aumenta e complica cada vez mais o seu tormento, afastando-os das simples condições postas pela natureza para a vida na terra, às quais somente os animais sabem se manter fiéis e obedientes.

O amigo Simone Pau está convencido de boa-fé de que vale muito mais do que um animal, porque o animal não sabe e se contenta em repetir sempre as mesmas operações.

Eu também estou convencido de que ele valha muito mais do que um animal, mas não por essas razões. O que serve ao homem não se contentar em repetir sempre as mesmas operações? Sim, aquelas que são fundamentais e indispensáveis à vida, ele também deve fazê-las e repeti-las cotidianamente como os animais, se não quer morrer. Todas as outras, mudadas e remudadas contínua e freneticamente, é muito difícil que não se revelem, cedo ou tarde, ilusões ou vaidade, fruto como são daquele tal supérfluo, de que não se vê na terra finalidade nem razão. E quem disse a meu amigo Simone Pau que o animal não sabe? Sabe o que lhe é necessário e não se importa com nada, porque o animal não tem qualquer supérfluo. O homem que tem, e justamente porque tem, coloca-se o tormento de certos problemas, destinados na terra a permanecerem insolúveis. É nisso que consiste a sua superioridade! Talvez esse tormento seja sinal e prova (esperança, não garantia!) de outra vida além da terrena, mas, sendo assim as coisas na terra, me parece ter razão quando digo que ela é feita mais para os animais do que para os homens.

Não quero ser mal-entendido. Quero dizer que na terra o homem está destinado a estar mal, porque tem em si mais do que lhe basta para estar bem, isto é, em paz e satisfeito. E que seja realmente um a mais, para a terra, o que o homem tem em si (e por isso é homem e não animal), o demonstra o fato de que este – este a mais – nunca se aquieta em nada, nem com nada para se satisfazer aqui, tanto que busca e pede em outros lugares, além da vida terrena, o porquê e a compensação de seu tormento. O homem fica tão pior quanto mais quer empregar na própria terra, em frenéticas construções e complicações, o seu supérfluo.

Eu, que rodo uma manivela, sei disso.

Quanto ao meu amigo Simone Pau, o bom é isso: ele acredita ter-se libertado de qualquer supérfluo reduzindo ao mínimo todas as suas necessidades, privando-se de todas as comodidades e vivendo como uma lesma nua. E não percebe que, exatamente ao contrário, ele, reduzindo-se assim, afogou-se no supérfluo e só vive disso.

Naquela noite, quando cheguei a Roma, eu ainda não sabia disso. Eu o sabia, repito, de costumes muito singulares e desinibidos, mas nunca poderia imaginar que sua singularidade e sua desinibição chegassem até o ponto que lhes contarei.

IV

Chegando ao fim do Corso Vittorio Emanuele, atravessamos a ponte. Lembro-me que olhei quase com religiosa perturbação a escura massa redonda do Castel Sant'Angelo, alta e solene sob o brilho das estrelas. As grandes arquiteturas humanas, na noite, e as constelações do céu, parecem se entender entre si. No frescor úmido daquele imenso fundo noturno, senti minha perturbação estremecer, serpentear como que tomada por calafrios, que talvez viessem dos reflexos serpeantes das luzes das outras pontes e dos diques, na água negra, misteriosa, do rio. Mas Simone Pau arrancou-me daquela admiração, virando primeiro em direção a San Pietro, depois entrando no Vicolo del Villano. Incerto do caminho, incerto de tudo, no vazio horror das ruas desertas, cheias de estranhas sombras oscilantes nos raios avermelhados dos lampiões, a cada sopro de ar, nas paredes das velhas casas, eu pensava com terror e náusea na gente que dormia segura naquelas casas e não sabia como elas pareciam de fora para quem errava perdido pela noite, sem que para ele houvesse uma casa para entrar. De quando em quando, Simone Pau baixava a cabeça e batia no peito com dois dedos. Oh, sim! O monte era ele, a árvore era ele, o mar era ele, mas o hotel onde era? Lá, no Borgo Pio? Sim, lá perto: no Vicolo del Falco. Levantei os olhos e vi, à direita daquela travessa, um casario sombrio com uma lanterna suspensa diante do portão: uma grande lanterna, em que a chama do bico bocejava através dos vidros sujos. Parei na frente daquele portão meio fechado e meio aberto, e li sobre o arco:

ASILO DE MENDICÂNCIA

— Você dorme aqui?
— E como também. Tigelas de uma sopa deliciosa. Em ótima companhia. Venha, sou de casa. De fato, o velho porteiro e dois outros empregados da vigilância do asilo, encolhidos e curvados em volta de um braseiro de latão, receberam-no como um hóspede habitual, cumprimentando-o com gestos e com palavras da vitrine do saguão retumbante:
— Boa noite, senhor Professor.
Simone Pau me preveniu, taciturno, com muita seriedade, para não ter ilusões porque naquele hotel eu não poderia dormir por mais de seis noites seguidas. Explicou-me que a cada seis noites era preciso passar pelo menos uma ao aberto, para depois retomar a série.
Eu, dormir lá?
Na frente daqueles três seguranças, escutei a explicação com um sorriso aflito, mas que me nadava bem leve nos lábios, para manter minha alma na superfície e um pedir que eu afundasse na vergonha daquele submundo.
Apesar de estar em condições miseráveis e com poucas liras no bolso, estava bem vestido, com luvas nas mãos, polainas nos pés. Queria tomar a aventura, com aquele sorriso, como um capricho extravagante do meu estranho amigo. Mas Simone Pau se irritou:

— Não lhe parece sério?

— Não, meu caro, realmente não me parece sério.

— Tem razão – disse Simone Pau. – Sério realmente sério, sabe quem é? É o doutor sem pescoço, vestido de preto, com grossa barba negra e óculos redondos, que nas praças faz dormir a sonâmbula. Eu ainda não sou sério a esse ponto. Pode rir, amigo Serafino.

E continuou me explicando que ali era tudo grátis. No inverno, no catre, dois lençóis recém lavados, firmes e frescos como velas de barco, e duas grossas cobertas de lã; no verão, os mesmos lençóis e uma colcha para quem quiser; um roupão e um par de chinelos de pano com sola de corda, laváveis.

— Veja bem, laváveis.

— E por quê?

— Explico. Com esses chinelos e com o roupão entregam um cartão; você entra naquele vestiário ali – aquela porta lá, à direita – então se despe e entrega as roupas, inclusive os sapatos, para desinfecção, que se faz nos fornos, lá. Então... venha aqui, veja... Está vendo esta bela piscina?

Baixei os olhos e olhei.

Piscina? Era um fosso mofado, estreito e profundo, uma espécie de buraco para colocar porcos, talhado em pedra viva, ao qual se descia por cinco ou seis degraus e de onde exalava um fedor ardente de lavatório. Um tubo de lata, cheio de furinhos amarelos de ferrugem corria por cima dele, no meio, de um lado a outro.

— Então?

— Você se despe lá; entrega as roupas...

—...inclusive os sapatos...

—... inclusive os sapatos, para a desinfecção, e entra nu aqui dentro.

— Nu?

— Nu junto com outros seis ou sete nus. Um desses caros amigos aqui da vitrine abre a chavinha da água, e você, debaixo do tubo, *zifff*... toma grátis, em pé, um belíssimo banho. Depois se enxuga magnificamente com o roupão, calça os chinelos de pano, sobe calado pela escada com os outros em procissão; aqui está; lá é a porta do dormitório, e boa noite.

— Imprescindível?

— O quê? O banho? Ah, porque você tem luvas e polainas, amigo Serafino? Você pode tirá-las sem vergonha. Cada um aqui leva as próprias vergonhas consigo, e se apresenta nu ao batismo desta piscina! Você não tem coragem de descer até essa nudez?

Não foi preciso. O banho é obrigatório apenas para os mendigos sujos. Simone Pau nunca o tomara.

Ali ele é realmente professor. Estão anexos àquele asilo noturno uma cozinha econômica e um abrigo para crianças sem teto, de ambos os sexos, filhos de mendigos, filhos de presos, filhos de todas as culpas. Estão sob custódia de algumas irmãs de caridade, que acharam um modo de instituir para eles uma escolinha. Simone Pau, embora por profissão inimicíssimo da humanidade e de qualquer ensino, dá aulas com muito prazer aos garotos, por duas horas ao dia, bem cedo de manhã, e os garotos o querem bem. Em compensação, ele tem lá alojamento e comida, isto é, um quartinho cômodo e decente todo para ele e um serviço de cozinha privativo, junto com quatro outros professores, que são um pobre velhinho aposentado do governo pontifício e três professoras solteironas, amigas das freiras e abrigadas ali. Mas Simone Pau deixa a comida privativa porque ao meio-dia nunca está no asilo, e somente à noite, quando quer, pega uma tigela de sopa na cozinha comum; mantém o quartinho, mas não o usa nunca, porque vai dormir no dormitório do asilo noturno, pela companhia que encontra ali, e que aprendeu a gostar, de seres oblíquos e errantes. Tirando as duas horas de aula, passa todo o tempo nas bibliotecas e nos cafés; de vez em quando, publica em alguma revista de filosofia um estudo que atordoa a todos pela bizarra novidade das abordagens, a estranheza dos argumentos e a quantidade de teorias; e ganha algum dinheiro.

Eu, na época, repito, não sabia tudo isso. Acreditava, e talvez em parte fosse verdade, que ele me levara ali pelo prazer de me impressionar; e já que não há melhor meio de desconcertar quem quer nos impressionar com paradoxos disparatados ou com as mais estranhas e excêntricas propostas, do que fingir aceitar esses paradoxos como se fossem as verdades mais óbvias e as propostas como naturalíssimas e oportunas, foi o que fiz naquela noite para desconcertar o meu amigo Simone Pau. O qual, entendendo meu propósito, olhou-me nos olhos e, vendo-os perfeitamente impassíveis, exclamou sorrindo:

— Como você é imbecil!

Ofereceu-me seu quartinho; a princípio achei que estava brincando; mas quando me garantiu que realmente tinha ali um quartinho não quis aceitar e fui com ele ao dormitório do asilo. Não me arrependo, porque ao desconforto e ao asco que senti naquele lugar horroroso tive duas compensações:

1ª) a de encontrar o lugar, que ocupo atualmente, ou melhor, a ocasião de entrar como operador na grande Casa de Cinematografia, a Kosmograph;

2ª) a de conhecer o homem que para mim é o símbolo do destino de sorte miserável, ao qual o contínuo progresso condena a humanidade.

Pois bem, primeiro o homem.

V

Simone Pau mostrou-o para mim na manhã seguinte quando nos levantamos do catre. Não vou descrever aquele quarto enorme do dormitório empesteado por muitos hálitos, na fraca luz do amanhecer, nem o êxodo dos internos, que saíam barbudos e descabelados do sono nos longos roupões brancos, com os chinelos de pano nos pés e com o cartão na mão, descendo ao vestiário por turnos para retirar suas roupas.

Havia um no meio deles que, numa dobra do roupão branco, segurava forte debaixo do braço um violino fechado na capa de pano verde, gasta, suja, desbotada, e ia arqueado e misterioso, absorto, olhando os pelos que caíam das fartíssimas sobrancelhas crispadas.

— Amigo! Amigo! — chamou Simone Pau. Ele se adiantou, mantendo a cabeça inclinada e pendente, como se lhe pesasse enormemente o nariz vermelho e carnudo; e parecia dizer:

"Deixem-me passar! Deixem-me passar! Estão vendo o que a vida pode fazer com o nariz de um homem?"

Simone Pau aproximou-se dele; carinhosamente com uma das mãos levantou-lhe o queixo, com a outra bateu em seu ombro para animá-lo e repetiu:

— Meu amigo!

Depois, dirigindo-se a mim:

— Serafino — disse —, apresento-lhe um grande artista. Puseram-lhe um apelido nojento, mas não importa: é um grande artista. Veja-o aqui, com seu deus debaixo do braço! Poderia ser uma vassoura: é um violino.

Voltei-me para observar o efeito das palavras de Simone Pau no rosto do desconhecido. Impassível. E Simone Pau continuou:

— Um violino, de verdade. E não o larga nunca. Os seguranças daqui deixam que ele o leve para a cama, desde que não toque de noite e não perturbe os outros internos. Mas não tem perigo. Tire-o fora, meu amigo, e mostre-o a este senhor, ele saberá ter compaixão.

Ele me olhou primeiro com desconfiança, depois, a um novo incentivo de Simone Pau, tirou da capa o velho violino, um violino realmente precioso, e o mostrou, como um maneta envergonhado mostra seu defeito.

Simone Pau continuou, dirigindo-se a mim:

— Está vendo? Ele mostra. Grande concessão que você deve agradecer! O pai dele, há muitos anos, deixou-o dono de uma tipografia em Perugia, cheia de máquinas, de caracteres e bem encaminhada. Diga, meu amigo, o que você fez para se consagrar ao culto de seu deus?

O homem ficou olhando Simone Pau como se não tivesse entendido a pergunta.

Simone Pau esclareceu:

— O que você fez da sua tipografia?

Ele então fez um gesto de descaso desdenhoso.

— Negligenciou — disse Simone Pau, para explicar aquele gesto. — Negligenciou-a até ficar na rua. Então, com seu violino debaixo do braço, veio para Roma. Agora já não toca há algum tempo, porque pensa que não pode mais tocar depois do que aconteceu. Mas até um tempo atrás tocava nas tavernas. Nas tavernas se bebe, e ele primeiro tocava e depois bebia. Tocava divinamente; quanto mais divinamente tocava mais bebia; de modo que, com muita frequência, era obrigado a empenhar seu deus, o seu violino. Então, ia a alguma tipografia para encontrar trabalho: juntava aos poucos o necessário para desempenhar o violino e voltava a tocar nas tavernas. Mas ouça o que lhe aconteceu uma vez, e por que... entende? Se alterou um pouco a sua... A... não vamos dizer razão, por caridade, digamos a sua concepção da vida. Guarde, guarde, meu amigo, o seu instrumento: sei que dói, se eu falar, enquanto o seu violino está descoberto.

O homem fez que sim várias vezes, gravemente, com a cabeça desgrenhada, e encapou o violino.

— Aconteceu o seguinte — continuou Simone Pau. — Ele se apresentou numa grande oficina tipográfica, na qual é chefe um tipo que, quando rapazote, trabalhava em sua tipografia em Perugia. "Não tem lugar, sinto muito" disse ele. E meu amigo estava para ir embora, humilhado, quando ouviu ser chamado. — Espere — disse. — Se você quiser, teria um serviço... Não seria para você, mas se você precisa... — Meu amigo deu de ombros e seguiu o chefe. Foi levado a uma seção especial, silenciosa; ali o chefe lhe mostrou uma máquina nova: um paquiderme chato, negro, baixo; uma fera monstruosa, que come chumbo e defeca livros. É uma monotype aperfeiçoada, sem complicações de eixos, rodas, polias, sem o balanço barulhento da matriz. Era uma verdadeira fera, um paquiderme, que rumina quieta a sua longa fita de papel perfurado. "Faz tudo sozinha — disse o chefe ao meu amigo. — Você só tem que dar de comer a ela, de quando em quando, suas placas de chumbo e ficar olhando". Meu amigo sentiu perder o fôlego e deixou cair os braços. Prestar-se a tal trabalho, um homem, um artista! Pior do que um ajudante de estrebaria... Ficar olhando aquela fera negra, que faz tudo sozinha, e que não quer outro serviço senão que lhe coloquem na boca, de quando em quando, sua comida, aquelas placas de chumbo! Mas isto é nada, Serafino! Humilhado, mortificado, oprimido de vergonha e envenenado de bile, meu amigo ficou uma semana naquela servidão indigna e, dando à fera suas placas de chumbo, sonhava com sua libertação, com seu violino, com sua arte; jurou e prometeu não voltar mais a tocar nas tavernas, onde é forte, realmente forte para ele a tentação de beber, e queria encontrar outros lugares mais dignos para o exercício de sua arte, para o culto de sua divindade. Sim, senhores! Assim que desempenhou o violino, leu nos anúncios de um jornal, entre as ofertas de emprego, que um cinema, na rua tal, número tal, precisava de um violino e um clarinete para sua orquestrinha externa. Meu amigo logo foi até lá: apresentou-se feliz, exultante, com seu violino debaixo do braço. Pois bem: viu-se diante de outra máquina, um piano automático, um piano-melódico. Dizem-lhe: "Com seu violino você deve acompanhar aquele instrumento ali". Entende? Um violino, nas mãos de um homem, acompanhar um rolo de papel perfurado enfiado na barriga daquela outra máquina ali. A alma, que move e guia as mãos deste homem, e que ora se abandona aos golpes do arco, ora freme nos dedos que apertam as cordas, obrigada a seguir o registro daquele instrumento automático! Meu amigo se encolerizou tanto que precisaram chamar os guardas, e foi levado e condenado por ultraje à força pública a quinze dias de prisão. Já saiu, como você vê. Bebe, e não toca mais.

##

Todas as considerações que fiz a princípio sobre minha sorte miserável, e sobre a de tantos outros condenados como eu a não ser mais do que a mão que roda uma manivela, têm como ponto de partida esse homem encontrado na primeira noite da minha chegada a Roma. Certamente pude fazê-las porque eu também me restringi a esse trabalho de servidor de uma máquina, mas vieram depois.

Digo isso porque esse homem que apresentei aqui, depois dessas considerações, poderia parecer uma grotesca invenção minha.

Mas vejam que eu talvez nunca tivesse pensado em fazer essas considerações, se em parte Simone Pau não as tivesse sugerido ao me apresentar aquele desgraçado; e que, de resto, grotesca é toda a minha primeira aventura, porque grotesco é, e quer ser, quase por profissão, Simone Pau, que, para me mostrar isso desde a primeira noite, levou-me para dormir num asilo de mendicância.

Na época não fiz nenhuma consideração; primeiro, porque não podia pensar nem remotamente que me restringiria a esse trabalho; depois, porque teria me impedido um grande rebuliço na escada do dormitório e um ataque confuso e festivo de todos os internos que já haviam descido ao vestiário para retirar suas roupas. O que tinha acontecido?

Voltavam para cima, de novo enfiados nos roupões brancos e com os chinelos nos pés. Entre eles, juntamente com os seguranças e as irmãs de caridade responsáveis pelo abrigo e pela cozinha econômica, havia muitos senhores e algumas senhoras, todos bem vestidos e sorridentes, com um ar curioso e novo. Dois daqueles senhores tinham nas mãos uma maquineta, que agora conheço bem, embrulhada num pano preto, e debaixo do braço o tripé de pernas retráteis. Eram atores e operadores de uma casa cinematográfica, e vinham para colher para um filme uma cena verdadeira de asilo noturno.

A casa cinematográfica, que mandava aqueles atores, era a Kosmograph, na qual eu, há oito meses, tenho o lugar de operador; e o diretor de cena, que os guiava, era Nicola Polacco, ou, como todos os chamam, Cocò Polacco, meu amigo de infância e colega de estudos em Nápoles na primeira juventude. Devo o lugar a ele e à afortunada conjuntura de estar ali naquela noite com Simone Pau naquele asilo noturno.

Mas não me veio à mente, repito, naquela manhã, que me restringiria a colocar no tripé uma câmera, como via fazer aqueles dois senhores, nem a Cocò Polacco de me propor esse trabalho. Ele, como bom moço que é, não demorou muito a me reconhecer, apesar de eu — tendo-o reconhecido logo — fizesse de tudo para não ser visto por ele naquele lugar miserável, vendo-o radiante de elegância parisiense e com um ar e uma pose de líder invencível, entre os atores, as atrizes e todos aqueles recrutas da miséria, que não se cabiam mais, em suas camisolas brancas, pela alegria de um ganho inesperado. Mostrou-se surpreso em me encontrar lá, mas somente pela hora matutina, e me perguntou como eu soubera que ele com sua companhia viria naquela manhã ao asilo para uma tomada ao vivo. Deixei-o com a ilusão de que me encontrava ali por acaso como um curioso; apresentei-lhe Simone Pau (o homem do violino, na confusão, havia escapulido); e fiquei assistindo desgostoso à obscena contaminação daquela triste realidade, da qual na noite anterior saboreara o horror, com a estúpida ficção que o Polacco viera encenar.

Mas o desgosto, talvez, eu sinta agora. Naquela manhã, eu devia ter, mais que tudo, a curiosidade de assistir pela primeira vez a encenação de uma cinematografia. Mas a curiosidade, a um certo ponto, foi-me desviada por uma das atrizes, a qual, assim que vi, suscitou-me outra curiosidade muito mais viva.

A Nestoroff... Seria possível? Parecia e não parecia ela. Os cabelos de uma cor avermelhada, quase de cobre, o modo de vestir, sóbrio, quase rígido, não eram seus. Mas o elegantíssimo porte delicado, com um quê de felino no caminhar; a cabeça alta, um pouco inclinada de lado, e aquele sorriso muito doce nos lábios frescos como duas pétalas de rosa, quando alguém lhe dirigia a palavra; os olhos estranhamente abertos, azuis, fixos, ao mesmo tempo vazios e frios na sombra dos longos cílios, eram seus, bem seus, com aquela segurança toda sua, que qualquer um, qualquer coisa que ela dissesse ou pedisse, responderia que sim.

Varia Nestoroff... Seria possível? Atriz de uma casa de cinematografia?

Vieram-me à mente Capri, a colônia russa, Nápoles, muitos barulhentos encontros de jovens artistas, pintores, escultores, em estranhos locais excêntricos, cheios de sol e de cor, e uma casa, uma doce casa de campo, em Sorrento, para onde aquela mulher levara a desordem e a morte.

Quando, depois de repetir duas vezes a cena pela qual a companhia viera ao asilo, Cocò Polacco convidou-me para ir visitá-lo na Kosmograph, eu, ainda em dúvida perguntei se aquela atriz era mesmo a Nestoroff.

— Sim, meu caro — respondeu, bufando. — Você sabe a história dela?

Fiz que sim com a cabeça.

— Ah, mas não deve saber o que veio depois — retomou o Polacco. — Venha, venha me visitar na Kosmograph, contarei tudo. Gubbio, eu pagaria qualquer coisa para me livrar desta mulher. Mas, veja, é mais fácil que...

— Polacco! Polacco! — chamou ela nesse instante.

E pela pressa com que Cocò Polacco atendeu ao chamado compreendi bem qual o poder dela na casa, onde era contratada como primeira atriz com um dos mais lautos salários.

Alguns dias depois fui à Kosmograph, só para saber a continuação da história, infelizmente bem conhecida por mim, daquela mulher.

Caderno Segundo

I

Doce casa de campo, *Casa dos Avós*, cheia do sabor inefável das mais antigas recordações familiares, onde todos os móveis de velho estilo, animados por essas recordações, não eram mais coisas, mas quase partes íntimas dos que ali habitavam, porque neles tocavam e sentiam a realidade querida, tranquila, segura de sua existência. Havia realmente naqueles aposentos uma emanação especial, que me parece ainda sentir enquanto escrevo: emanação da antiga vida, que dera sua fragrância a todas as coisas ali guardadas.

Revejo a sala, realmente um pouco sombria, com as paredes estucadas em requadros que imitavam mármore antigo: um vermelho, um verde; e cada requadro possuía sua bela moldura, também de estuque, de folhagens; só que, com o tempo, aqueles mármores antigos falsos cansaram-se de sua ingênua ficção, estavam um pouco estufados aqui e ali, e se viam algumas pequenas rachaduras, as quais me diziam benignamente:

— Você é pobre, tem a roupa puída, mas veja que também nas casas dos ricos...

Sim! Bastava me voltar para olhar aqueles curiosos consoles, que pareciam ter nojo de tocar o chão com suas patas douradas, de aranha... O tampo de mármore estava um pouco amarelado, e no espelho inclinado via-se claramente, na imobilidade, os dois cestos ali pousados: cestos de frutas, também de mármore, coloridos: figos, pêssegos, frente a frente, aqui e ali, iguais, no reflexo como se fossem quatro e não dois.

Naquela imobilidade de reluzente reflexo, estava toda a calma límpida que reinava naquela casa. Parecia que nada podia acontecer ali. E o mesmo dizia o reloginho de bronze, entre os dois cestos, que no espelho se via apenas por trás. Representava uma fontezinha, e possuía um cristal de rocha em espiral, que girava e girava com o movimento da máquina. Quanta água havia derramado aquela fontezinha? Mas o tanquezinho nunca se enchera.

Esta é a sala, da qual se passa ao jardim. (De um aposento a outro se passa por portinhas baixas que parecem conhecer seu ofício, e cada uma sabe as coisas que guarda no cômodo.) Esta, por onde se desce ao jardim, é a preferida em todas as estações. Tem o piso de tijolos largos, quadrados, de barro, um pouco gastos pelo uso. O papel de parede, de rosinhas, está um pouco desbotado, como as cortinas de musseline, também de rosinhas, da janela e da porta de vidro, de onde se vê o patamar da pequena escada de madeira, curva, a grade verde e o pergolado do jardinzinho encantado de luz e de silêncio.

A luz se filtra verde e afetuosa através das lâminas da pequena persiana da janela, e não se espalha na sala, que permanece numa fresca, deliciosa penumbra, envolta pelas fragrâncias do jardim.

Que felicidade, que banho de pureza para a alma, ficar um pouco deitado naquele sofá antigo, de espaldar alto, com rolos de pano verde, também um pouco descolorido.

— Giorgio! Giorgio!

Quem chama do jardim? É vó Rosa, que não consegue colher nem com a ajuda de seu caniço as flores da dama da noite, agora que a planta, crescendo, trepou bem alto na mureta.

Vó Rosa gosta tanto das flores de dama da noite! Ela tem em seu armário embutido uma gavetinha cheia de pequenos galhos em forma de sombrinha, secos; pega um todas as manhãs antes de descer ao jardim e depois de colher as flores com seu caniço, senta-se à sombra do pergolado, coloca os óculos e enfia uma a uma aquelas flores nos frágeis galhos em forma de sombrinha, até formar uma bela rosa branca, cheia, de perfume intenso e suave que coloca religiosamente num vasinho no tampo da cômoda de seu quarto, diante da imagem de seu único filho, morto há muitos anos.

Aquela casinha é muito íntima e tranquila, satisfeita com a vida que encerra, e sem qualquer desejo daquela vida que se passa rumorosa lá fora, distante! Fica ali, aninhada atrás da colina verde, e não quis nem a vista do mar e do golfo maravilhoso. Queria ficar apartada, ignorada por todos, quase escondida ali naquele cantinho verde e solitário, fora e distante das coisas do mundo.

Antigamente havia no pilarzinho do portão uma placa de mármore com o nome do proprietário: *Carlo Mirelli*. Vô Carlo pensou em retirá-la quando a morte veio pela primeira vez para entrar naquela tímida casinha perdida no campo, e levou o filho de apenas trinta anos, já pai de duas crianças.

Será que vô Carlo pensou que tirando do pilarzinho a placa a morte não encontraria o caminho para voltar?

Vô Carlo era daqueles velhos que usavam barrete de veludo com borla de seda, mas que sabiam ler Horácio. Portanto, sabia que a morte, *aequo pede*[1], bate em todas as portas, tenham ou não o nome esculpido na placa.

Só que alguns, cegos pelo que consideram injustiças da sorte, têm a necessidade irracional de derramar a fúria de seu sofrimento sobre alguém ou sobre alguma coisa. A fúria de vô Carlo, daquela vez, caiu sobre a inocente placa do pilarzinho.

Se a morte se deixasse pegar, eu a pegaria por um braço e levaria diante daquele espelho, que, com tão límpida precisão, refletia na imobilidade os dois cestos de frutas e o fundo do reloginho de bronze, e lhe diria:

— Está vendo? Vá embora! Aqui deve ficar tudo como está!

---

[1] "*Aequo pulsat pede*". "Bate igual com o pé". Expressão de Horácio, referindo-se à morte, que esmaga tanto os habitantes dos palácios como os das choupanas. (Odes, 1, 4-13).

Mas a morte não se deixa pegar.

Retirando aquela placa, talvez vô Carlo quisesse dizer que ali — morto o filho —, vivo, não restava mais ninguém!

A morte voltou pouco depois.

Havia uma pessoa viva que perdidamente toda noite a invocava: a nora viúva, que, assim que morreu o marido, sentiu-se separada da família, estrangeira na casa.

Assim, os dois pequenos órfãos: Lidia, a maior, de apenas cinco anos, e Giorgetto, de três, ficaram completamente entregues aos avós, ainda não tão velhos.

Retomar a vida do início, quando já começa a faltar, e reencontrar em si as primeiras maravilhas da infância, recompor em volta de duas róseas crianças os afetos mais ingênuos, os sonhos mais adequados, expulsar como importuna e incômoda a experiência, que de tanto em tanto mostra o rosto de velha enrugada para dizer, piscando por trás dos óculos: "acontecerá isso, acontecerá aquilo", quando ainda não aconteceu nada, e é tão bom que não tenha acontecido nada; fazer, pensar e dizer como se realmente não se soubesse, mais do que no momento sabem, as duas crianças, que não sabem nada; fazer como se vissem as coisas não acontecerem de novo, mas com olhos de quem vai adiante pela primeira vez e pela primeira vez vê e sente, foi o milagre que fizeram vô Carlo e vó Rosa, isto é, fizeram para as duas crianças muito mais do que teriam feito o pai e a mãe, os quais, se tivessem vivido, jovens como eram, teriam desejado viver a vida um pouco para si. Não ter mais o que gozar para eles não tornou mais fácil a tarefa dos dois velhos, porque se sabe que para os velhos é grande o peso de tudo que não tenha mais sentido nem valor para eles.

Os dois avós aceitaram o sentido e o valor que os dois netinhos aos poucos, crescendo, começaram a dar às coisas, e todo o mundo se recoloriu de juventude para eles e a vida recuperou a candura e o frescor da ingenuidade. Mas o que podiam saber aqueles dois jovens nascidos e criados na casa de campo sobre o mundo tão grande, sobre a vida tão diversa, que se agitava fora, distante? Os velhos haviam esquecido aquele mundo e aquela vida; tudo para eles tornara-se novo: o céu, o campo, o canto dos pássaros, o sabor das comidas. Além do portão não havia vida. A vida começava ali, e nova se irradiava ao redor; os velhos não imaginavam nada que pudesse vir de fora, até mesmo a morte; até já tinham quase esquecido a morte, que já viera duas vezes.

Pois bem, paciência, a morte, para quem nenhuma casa, por mais distante e escondida, pode ficar ignorada! Mas como, tendo partido de mil e mil milhas de distância, ou arrastada, batida de cá e de lá pelo turbilhão de tantos acontecimentos misteriosos, conseguiu encontrar o caminho daquela casinha tímida, aninhada atrás da colina verde, uma mulher, para quem a paz e os afetos que ali reinavam deviam ser não só incompreensíveis, mas também inconcebíveis?

Eu não tenho pistas, talvez ninguém as tenha, do caminho feito por essa mulher para chegar à doce casinha de campo, perto de Sorrento.

Ali, exatamente ali, diante do pilarzinho do portão, de onde vô Carlo há muito tempo mandara arrancar a placa, ela não chegou sozinha; não levantou a mão, da primeira vez, para tocar a sineta para que abrissem o portão. Mas não muito longe dali ela parou para esperar que um jovem, até então criado com a alma e o trabalho dos dois velhos avós, belo, ingênuo, ardente, com a alma alada de sonhos, saísse por aquele portão confiante para a vida.

Ó vó Rosa, a senhora ainda o chama do jardinzinho para que a ajude a colher com o caniço as suas flores de dama da noite?

— Giorgio! Giorgio!

Ainda trago nos ouvidos, vó Rosa, a sua voz. E sinto uma doçura triste, que não sei explicar, ao imaginá-la ainda ali, na sua casinha, que revejo como se ainda estivesse lá e ainda respirasse a emanação da antiga vida; ao imaginá-la desconhecedora do que aconteceu, como era antes, quando eu, nas férias de verão, vinha de Sorrento todas as manhãs para preparar para os exames de outubro o seu neto Giorgio, que não queria saber de latim nem de grego, e sujava com caricaturas, com rabiscos a pena e a lápis todos os pedaços de papel que lhe caíam nas mãos, as margens dos livros, o tampo da escrivaninha. Ainda deve existir a minha caricatura, no tampo daquela escrivaninha toda rabiscada.

— Eh, senhor Serafino — suspira a senhora, vó Rosa, oferecendo-me numa xícara antiga o costumeiro café com essência de canela, como o que oferecem as tias freiras nas abadias —, eh, senhor Serafino, Giorgio comprou tintas, quer nos deixar, quer ser pintor...

E às suas costas, Lidiuccia, sua neta, arregala os doces, límpidos olhos azuis e fica vermelha; Duccella, como a chamam. Por quê?

Ah, porque... Já veio três vezes de Nápoles um rapazote, um belo rapazote todo perfumado, com colete de veludo, luvas amarelas acamurçadas, monóculo no olho direito e o brasão de barão no lenço e na carteira. O avô o mandou, o barão Nuti, amigo de vô Carlo, quase um irmão, antes que vô Carlo, cansado do mundo, se retirasse de Nápoles para cá, para a casinha de Sorrento. A senhora sabe, vó Rosa. Mas não sabe que o rapazote de Nápoles incentiva fervorosamente Giorgio a se entregar à arte e ir para Nápoles com ele. Duccella sabe, porque o rapazote Aldo Nuti (que estranheza!), com tanto fervor pela arte, não olha para Giorgio, olha para ela, nos olhos, como se devesse incentivar a ela e não a Giorgio; sim, sim, a ela ir para Nápoles, para ficar sempre junto dele. Por isso, Duccella fica vermelha às suas costas, vó Rosa, assim que ouve dizer que Giorgio quer ser pintor.

Ele também, o rapazote de Nápoles, se o avô permitisse... Não, pintor não... Gostaria de se entregar ao teatro, ser ator. Quanto lhe agradaria! Mas o avô não quer...

Vamos apostar, vó Rosa, que Duccella também não quer?

II

Conheço sumariamente os fatos que se seguiram a esta suave, ingênua vida de idílio, cerca de quatro anos depois.

Eu dava aulas particulares a Giorgio Mirelli, mas também era estudante, um pobre estudante que havia envelhecido à espera de prosseguir nos estudos e a quem os sacrifícios feitos pelos familiares para mantê-lo na escola haviam espontaneamente inspirado com o máximo cuidado, a maior diligência, uma humildade tímida e dolorosa, uma submissão que nunca diminuía, embora essa espera tivesse se prolongado por muitos e muitos anos.

Mas talvez não tenha sido tempo perdido. Nessa espera, estudei sozinho e meditei muito mais, e com proveito maior ainda, do que teria feito nos anos de escola; aprendi sozinho latim e grego, para tentar a passagem dos estudos técnicos que havia iniciado, aos clássicos, com a esperança que me fosse mais fácil entrar por essa via na universidade.

Esse tipo de estudo era muito mais adequado à minha inteligência. Mergulhei neles com uma paixão tão intensa e viva, que, aos vinte e seis anos, quando, por uma inesperada modestíssima herança de um tio (morto na Apúlia e há muito esquecido pela minha família), pude finalmente entrar na universidade, por muito tempo fiquei em dúvida se não convinha deixar na gaveta, onde dormia há tantos anos, o diploma do instituto técnico, e concluir o segundo grau, para me inscrever na faculdade de Filosofia e Letras.

Prevaleceram os conselhos da família, e parti para Liège, onde, com o bicho da filosofia no corpo, conheci íntima e atormentadamente todas as máquinas inventadas pelo homem para sua felicidade.

Como se vê, tirei um bom proveito. Afastei-me com horror instintivo da realidade, como os outros a veem e a tocam, sem, todavia, poder construir uma minha, dentro e ao redor de mim, já que meus sentimentos desatentos e equivocados não conseguem dar valor nem sentido a esta minha vida incompetente e sem amor. Olho para tudo, até para mim, de longe; e de nada recebo um sinal amoroso para me aproximar com confiança ou com esperança de ter algum conforto. Sinais, sim, caridosos, me parece ver nos olhos de muita gente, na aparência de muitos lugares que me impelem a não receber nem dar conforto, pois quem não pode recebê-lo não pode dar; mas pena. Pena, sim... Mas sei que pena é uma coisa tão difícil de dar quanto de receber.

Por muitos anos, depois de voltar a Nápoles, não encontrei nada para fazer; vivi uma vida dissoluta com jovens artistas enquanto duraram os últimos restos daquela pequena herança. Devo ao acaso, como disse, e à amizade de um antigo colega de estudos, o lugar que ocupo. Exerço-o – digamos assim – com honra, e sou bem remunerado pelo meu trabalho. Oh, todos gostam de mim aqui, um ótimo operador: atento, preciso e de uma *perfeita impassibilidade*. Se devo ser grato ao Polacco, o Polacco também deve ser grato a mim pelo mérito que conquistou com o comendador Borgalli, diretor geral e conselheiro delegado da Kosmograph, pela aquisição que a Casa fez de um operador como eu. O senhor Gubbio não é propriamente empregado de nenhuma das quatro companhias do Departamento Artístico, mas é chamado ora aqui ora lá por todas elas para os filmes de mais longa metragem e mais difíceis. O senhor Gubbio trabalha muito mais do que os outros cinco operadores da Casa, mas por cada filme terminado tem uma rica recompensa e frequentes gratificações. Eu deveria estar contente e satisfeito. Mas me faltam o tempo da magreza e das loucuras em Nápoles entre os jovens artistas.

Assim que voltei de Liège, encontrei Giorgio Mirelli, já ali há dois anos. Havia exposto recentemente numa mostra dois estranhos quadros, que haviam suscitado na crítica e no público longas e violentas discussões. Conservava a ingenuidade e o fervor dos dezesseis anos; não tinha olhos para ver o desleixo de seu vestir, seus cabelos desgrenhados, os primeiros poucos pelos que se eriçavam no queixo e nas faces magras, como de um doente: e estava doente de uma divina doença; tomado por uma ansiedade contínua que não lhe deixava ver nem tocar o que para os outros era a realidade da vida; sempre a ponto de se lançar com ímpeto a algum chamado misterioso, distante, que só ele entendia.

Perguntei-lhe da família. Disse-me que vô Carlo morrera há pouco. Olhei-o espantando pelo modo como me dava aquela notícia; parecia não ter sentido qualquer pena daquela morte. Mas, lembrando-se pelo meu olhar a sua dor, disse: — Pobre vovô... — com tanto pesar e com um sorriso, que logo compreendi que ele, no tumulto de tanta vida que lhe fervia dentro, não tivera modo nem tempo de pensar em suas dores.

E vó Rosa? Vó Rosa estava bem... sim, mais ou menos... como podia, pobre velhinha, depois daquela morte. Dois galhinhos, agora, para encher de flores, todas as manhãs, uma para o morto recente, outra para o morto distante.

E Duccella, Duccella?

Ah, como riram os olhos do irmão à minha pergunta!

— Contente! Contente!

E me contou que há um ano estava noiva do barãozinho Aldo Nuti. O casamento seria em breve, havia sido adiado pela morte de vô Carlo.

Mas não se mostrou feliz com aquele casamento, disse-me que Aldo Nuti não lhe parecia um companheiro adequado para Duccella, e, agitando no ar os dedos das duas mãos, saiu com aquela exclamação de náusea, que costumava usar quando eu me afligia para fazê-lo entender as regras e as partições da segunda declinação grega:

— Complicado! Complicado! Complicado!

Não era mais possível fazê-lo ficar quieto depois dessa exclamação. E como então saía da escrivaninha, também agora se foi. Perdi-o de vista por mais de um ano. Soube pelos seus colegas artistas que fora para Capri, pintar. Ali encontrou Varia Nestoroff.

III

Agora conheço bem esta mulher, ou pelo menos o quanto é possível conhecê-la, e consigo explicar muitas coisas que por muito tempo me eram incompreensíveis. Só que a explicação que tenho agora talvez possa parecer incompreensível aos outros. Mas a tenho para mim e não para os outros, e não pretendo desculpar minimamente a Nestoroff com ela.

Desculpá-la diante de quem?

Eu fujo de gente com profissão respeitável, como da peste.

Parece impossível que não desfrute de sua própria maldade quem a exercita com cálculo e frieza. Mas se essa infelicidade (e deve ser tremenda) existe, quero dizer que, por não sermos capazes de desfrutar da própria maldade, nosso desprezo por essas pessoas más, assim como por tantos outros infelizes, talvez possa ser vencido, ou ao menos atenuado, por uma certa piedade. Falo, não para ofender, como uma pessoa moderadamente respeitável.

Mas precisamos reconhecer, bom Deus, que todos somos – uns mais, uns menos – malvados, mas que não nos aproveitamos disso e somos infelizes.

É possível?

Todos reconhecemos de bom grado a nossa infelicidade; ninguém, a própria maldade; e vemos essa infelicidade sem qualquer razão ou culpa nossa, ao passo que nos afligimos em procurar cem razões, cem desculpas e justificativas para cada pequeno ato de maldade que fazemos, seja ele apontado pelos outros ou pela nossa própria consciência.

Querem ver como logo nos rebelamos e negamos desdenhosos um ato de maldade, mesmo inegável, e do qual também inegavelmente nos aproveitamos?

Aconteceram esses dois fatos. (Não divago, porque a Nestoroff foi comparada por alguns ao belo tigre comprado, há alguns dias, pela Kosmograph.) Aconteceram, portanto, esses dois fatos.

Um bando de pássaros migratórios – galinholas e narcejas – pousaram para descansar um pouco do longo voo e se alimentar, nos campos romanos. Escolheram mal o local. Uma narceja mais ousada do que as outras disse às companheiras:

– Vocês fiquem aqui, abrigadas neste matagal. Vou explorar as redondezas, se achar algo melhor as chamo.

Um engenheiro amigo de vocês, de espírito aventureiro, membro da Sociedade Geográfica, aceitou o encargo de ir à África, não sei bem (porque vocês também não sabem bem) por qual exploração científica. Ele ainda está no meio do caminho, vocês receberam algumas notícias dele, a última os deixou um pouco consternados, porque esse amigo falava dos riscos que correria ao atravessar não sei quais remotas regiões selvagens e desertas.

Hoje é domingo. Vocês levantam cedo para ir à caça. Fizeram os preparativos ontem à noite, esperando um grande prazer. Descem do trem, vivazes e contentes; vão pelos campos frescos, verdes, um pouco enevoados, em busca de um bom lugar para as aves migratórias. Estão esperando há uma meia hora; começam a se cansar e tiram do bolso o jornal comprado na estação antes de partir. Em certo momento, ouvem um bater de asas entre os ramos do bosque; largam o jornal; aproximam-se quietos e abaixados; fazem mira; disparam. Que alegria! Uma narceja!

Sim, exatamente uma narceja. Exatamente a narceja exploradora, que deixara as companheiras no matagal.

Sei que vocês não comem a caça; presenteiam aos amigos; para vocês todo o prazer é matar o que vocês chamam de caça.

O dia não promete. Mas vocês, como todos os caçadores, são um pouco supersticiosos: acreditam que a leitura do jornal tenha dado sorte e voltam a lê-lo no lugar de antes. Na segunda página encontram a notícia de que o seu amigo engenheiro, que foi à África por conta da Sociedade Geográfica, ao atravessar aquelas regiões selvagens e desertas, morreu miseravelmente atacado, destroçado e devorado por uma fera.

Lendo com horror a narração do jornal, não lhes passa nem remotamente pela cabeça comparar a fera, que matou seu amigo, e vocês, que mataram a narceja, exploradora como ele.

No entanto, seria perfeitamente lógico, e até temo que com alguma vantagem para a fera, porque vocês mataram por prazer e sem qualquer risco de serem mortos, enquanto a fera, por fome, isto é, por necessidade, corria o risco de ser morta pelo seu amigo, que certamente estava armado.

Retórica, não é verdade? Sim, meus caros, não fiquem tão indignados, eu também reconheço: retórica, porque nós, pela graça de Deus, somos homens e não narcejas.

A narceja, sem medo de ser retórico, poderia pensar na comparação e pedir que pelo menos os homens que vão à caça por prazer não chamem os animais de ferozes.

Nós, não. Nós não podemos admitir a comparação porque aqui temos um homem que matou um animal, e lá um animal que matou um homem.

No máximo, cara narceja, para lhe fazer alguma concessão, podemos dizer que você era um pobre animalzinho inócuo! É suficiente? Mas você não pode inferir daí que a nossa maldade seja maior, e, sobretudo, não pode dizer que, chamando-a de animalzinho inócuo e a matando, não tenhamos mais direito de chamar de feroz o animal que matou por fome e não por prazer um homem.

E quando um homem, você pergunta, se comporta pior do que um animal?

Sim, é preciso realmente estar atento às consequências da lógica. Muitas vezes escorregamos e não sabemos aonde vamos parar.

IV

O caso de ver os homens se comportarem pior do que um animal deve ter acontecido com frequência a Varia Nestoroff.

No entanto, ela não os matou. Caçadora, como vocês são caçadores. A narceja vocês mataram. Ela não matou ninguém. Um só, por ela, se matou com as próprias mãos: Giorgio Mirelli, mas não apenas por ela.

A fera, entretanto, que faz mal por uma necessidade de sua natureza, não é – que se saiba – infeliz.

A Nestoroff, como por muitos sinais se pode deduzir, é infelicíssima. Não se aproveita de sua maldade, mesmo com todo o cálculo e toda a frieza que exerce.

Se eu dissesse abertamente o que penso dela aos meus colegas operadores, aos atores, às atrizes da Casa, logo todos suspeitariam que eu também estou apaixonado pela Nestoroff.

Não me preocupo com essa suspeita.

A Nestoroff tem por mim, como todos os seus colegas de arte, uma aversão quase instintiva. Não a correspondo porque não convivo com ela, a não ser quando estou a serviço da minha maquineta, então, rodando a manivela, sou o que devo ser, isto é, perfeitamente impassível.

Não posso odiar e nem amar a Nestoroff, como não posso odiar e nem amar ninguém. Sou a mão que roda a manivela. No final, quando sou reintegrado, isto é, quando o suplício de ser apenas uma mão acaba e posso readquirir todo o meu corpo, e me admirar de ainda ter uma cabeça sobre os ombros, e me entregar de novo ao infeliz supérfluo que também está em mim e do qual minha profissão me condena a me privar por quase todo o dia; então... ah, então os afetos, as recordações que despertam dentro de mim, certamente não podem me persuadir a amar essa mulher. Fui amigo de Giorgio Mirelli e entre as mais caras lembranças da minha vida está a doce casa de campo próxima a Sorrento, onde ainda vivem e sofrem vó Rosa e a pobre Duccella.

Eu observo. Continuo a observar, porque talvez esta seja a minha mais forte paixão: nutriu-me na miséria e sustentou os meus sonhos, é o único conforto que tenho agora que eles acabaram tão miseravelmente.

Observo, portanto, sem paixão, mas atentamente, essa mulher, que mesmo demonstrando saber o que faz e por que faz, não tem realmente aquela "sistematização" tranquila de conceitos, de afetos, de direitos e deveres, de opiniões e de hábitos, que eu odeio nos outros.

Ela certamente não sabe o mal que pode fazer aos outros; e o faz, repito, por cálculo e com frieza.

Isto, na opinião dos outros, de todos os "sistematizados", a exclui de qualquer desculpa. Mas creio que ela mesma não saiba dar alguma desculpa do mal que sabe ter feito.

Há algo nessa mulher que os outros não conseguem entender, porque ela mesma não compreende bem. Mas se adivinha, pelas violentas expressões que assume, sem querer, sem saber, nos papéis que lhe são entregues.

Só ela os leva a sério, e tanto mais quanto mais ilógicos e extravagantes, grotescamente heróicos e contraditórios. E não há meio de detê-la, de fazê-la atenuar a violência daquelas expressões. Ela sozinha estraga mais negativos do que todos os outros atores das quatro companhias juntas. Sempre sai do campo; quando por acaso não sai, é tão descomposta a sua ação, tão estranhamente alterada e falsa a sua figura, que na Sala de Provas quase todas as cenas em que ela participa, resultam inaceitáveis e têm que ser repetidas.

Qualquer outra atriz, que não tivesse gozado ou não gozasse como ela a benevolência do magnânimo comendador Borgalli, já teria sido despedida há muito tempo.

— Ora, ora, ora... — exclama o magnânimo comendador, sem se inquietar, vendo desfilar na tela da Sala de Provas aquelas imagens da possessa — ora, ora, ora... vamos... não... como é possível?... Oh, Deus, que horror... corta, corta, corta...

E briga com o Polacco e, em geral, com todos os diretores de cena, que esquecem os roteiros, contentando-se em sugerir aos atores a ação que devem fazer em cada cena, muitas vezes esporadicamente, porque nem todas as cenas podem ser feitas em ordem, uma depois da outra, numa filmagem. Daí vem que eles, com frequência, não sabem nem mesmo qual papel estão representando no conjunto e que se ouça algum ator perguntar em certo ponto:

— Desculpe, Polacco, eu sou o marido ou o amante?

Em vão o Polacco protesta ter explicado bem à Nestoroff todo o papel. O comendador Borgalli sabe que a culpa não é do Polacco; tanto é verdade que lhe deu outra primeira atriz, a Sgrelli, para não deixar que se arruinassem todos os filmes de sua companhia. Mas a Nestoroff protesta se Polacco se serve somente da Sgrelli ou mais da Sgrelli do que dela, verdadeira primeira atriz da companhia. Os maldosos dizem que o faz para arruinar o Polacco, e o próprio Polacco pensa assim e diz por aí. Não é verdade: não há outra ruína a não ser dos negativos; e a Nestoroff está realmente desesperada com o que acontece; repito, sem querer e sem saber. Ela mesma fica atordoada e quase aterrorizada com as aparições da própria imagem na tela, tão alterada e descomposta. Vê ali alguém que é ela, mas que ela não conhece. Gostaria de não se reconhecer nela, mas ao menos conhecê-la.

Talvez há muitos anos, por todas as aventuras misteriosas de sua vida, ela venha perseguindo essa possessa, que está nela e que lhe foge, para detê-la, para lhe perguntar o que quer, por que sofre, e o que ela deveria fazer para amansá-la, para aplacá-la, para lhe dar paz.

Ninguém pode duvidar disso, a não ser que tenha os olhos velados por uma paixão contrária e a tenha visto sair da Sala de Provas depois da aparição daquelas suas imagens. Ela é realmente trágica: apavorada e arrebatada, com aquele sombrio estupor nos olhos que se vê nos olhos dos moribundos e mal consegue conter o tremor convulsivo em todo o seu corpo.

Sei a resposta que me dariam, se eu comentasse isso com alguém:

— É raiva! Treme de raiva!

É raiva, sim, mas não a que todos supõem, isto é, por um filme fracassado. Uma raiva fria, mais fria do que uma lâmina, é realmente a arma dessa mulher contra todos os seus inimigos. Ora, Cocò Polacco não é um inimigo para ela. Se fosse, ela não tremeria assim, iria se vingar dele muito friamente.

Inimigos para ela tornam-se todos os homens dos quais ela se aproxima para que a ajudem a deter aquilo de que ela foge: ela mesma, sim, mas que vive e sofre, por assim dizer, fora dela mesma.

Pois bem, ninguém nunca se deu conta disso, que é o que mais a oprime; todos ficam ofuscados com seu corpo elegantíssimo, e não querem ter nem saber mais nada dela. Então ela os pune com fria raiva, lá onde surgem seus desejos; e antes exaspera esses desejos com a mais pérfida arte, para que depois seja maior a sua vingança. Vinga-se, entregando seu corpo, repentina e friamente, a quem menos eles esperariam, para lhes mostrar o quanto despreza o que eles admiram mais nela.

Não creio que se possam explicar de outro modo certas súbitas mudanças em suas relações amorosas, que à primeira vista parecem inexplicáveis para todos, porque ninguém pode negar que ela não tenha se prejudicado com isso.

Mas os outros, lembrando e considerando, por um lado, a qualidade daqueles com quem ela se envolvera antes, e, por outro lado, a qualidade daqueles a quem se entregou repentinamente, dizem que isso depende, porque ela não podia ficar com os primeiros, não podia respirar, enquanto com esses outros sentia-se atraída por uma afinidade "vulgar"; e essa entrega repentina e inopinada explicam como o surto de quem, por muito tempo sufocado, quer afinal, onde pode, tomar um pouco de ar.

E se fosse exatamente o contrário? Se, para respirar, para ter a ajuda de que falei mais acima, ela tivesse se aproximado dos primeiros e em vez de ter aquele respiro, aquela ajuda que esperava, nenhum respiro e nenhuma ajuda tivesse tido deles, mas um ressentimento e uma náusea mais forte, por serem acrescidos e exacerbados pelo desengano, e também por aquele desprezo que sente pelas necessidades da alma alheia, por quem só vê e só se preocupa com a PRÓPRIA ALMA, assim, toda em letras maiúsculas? Ninguém sabe, mas podem bem ser capazes dessas "vulgaridades" aqueles que mais se consideram e são considerados pelos outros superiores. Então... então melhor a ralé que se considera como tal, que se nos entristece, não nos desilude; e que pode ter, como frequentemente tem, algum lado bom e de vez em quando uma certa ingenuidade, que tanto mais nos alegram e nos reanimam, quanto menos se espera deles.

Fato é que há mais de um ano a Nestoroff está com o ator siciliano Carlo Ferro, ele também empregado aqui na Kosmograph: foi dominada e está apaixonadíssima. Sabe o que pode esperar desse tipo de homem, e só lhe pede isso. Mas parece que obtém dele muito mais do que os outros podem imaginar.

Esta é a razão pela qual, de um tempo para cá, também passei a observar Carlo Ferro com muito interesse.

V

Para mim, o problema mais difícil de resolver é por que Giorgio Mirelli, que fugia com tanta intolerância de qualquer complicação, tenha-se perdido por essa mulher a ponto de tirar a própria vida.

Faltam-me quase todos os dados para resolver esse problema, e já disse que só tenho conhecimento sumário do drama.

Sei por várias fontes que a Nestoroff, em Capri, quando Giorgio Mirelli a viu pela primeira vez, era muito malvista e tratada com muita desconfiança pela pequena colônia russa, que há muitos anos se estabeleceu naquela ilha.

Havia até quem suspeitasse que ela fosse espiã, talvez porque ela, pouco astutamente, apresentara-se como viúva de um velho conspirador refugiado em Berlim, morto alguns anos antes de sua chegada a Capri. Parece que alguém tivesse pedido notícias, tanto a Berlim, quanto a Petersburgo, sobre ela e sobre esse velho conspirador desconhecido, e que se veio a saber que um certo Nicola Nestoroff realmente estivera por alguns anos expatriado em Berlim, e ali morrera, mas sem que nunca dissesse a ninguém que era expatriado por comprometimentos políticos. Parece também que se soube que esse Nicola Nestoroff a tivesse tirado, mocinha, da rua, de um dos bairros mais populares e mal afamados de Petersburgo e, mandando educá-la, tivesse se casado com ela; depois, reduzido quase à miséria por seus vícios, explorou-a, mandando-a cantar em cafés-concerto de ínfima classe, até que, procurado pela polícia, fugiu sozinho para a Alemanha. Mas a Nestoroff, pelo que sei, nega desdenhosamente tudo isso. É possível que tenha se queixado com alguém em segredo dos maus tratos, ou melhor, das sevícias sofridas desde moça por aquele velho, mas não disse que ele a explorou; disse que ela, espontaneamente, para seguir sua paixão e um pouco também para suprir as necessidades da vida, vencendo a oposição dele, começara a representar na província, re-pre-sen-tar, em teatros; e que depois, tendo fugido o marido da Rússia por comprometimentos políticos e asilado em Berlim, ela, sabendo que ele estava doente e precisando de cuidados, apiedada, fora encontrá-lo lá e o assistido até a morte. O que fez depois em Berlim, viúva, e também em Paris e em Viena, de que fala com frequência, demonstrando conhecer a fundo a vida e os costumes, ela não diz e ninguém certamente se arrisca a perguntar.

Para alguns, quero dizer, para muitíssimos, que não sabem ver nada além de si mesmos, amar a humanidade, muitas vezes, aliás quase sempre, só significa estar contente consigo mesmo. Sem dúvida, muito contente consigo mesmo, com sua arte, com seus estudos, naqueles dias em Capri devia estar Giorgio Mirelli.

Realmente – e me parece já ter dito isso – seu estado de espírito habitual era o êxtase e o espanto. Devido a esse estado de espírito, é fácil imaginar que ele não viu quem era essa mulher, com as necessidades que tinha, maltratada, fustigada, envenenada pela desconfiança e maledicências ao seu redor, mas a viu na representação fantástica que ele logo fez dela, iluminada pela luz que lhe deu. Para ele, os sentimentos deviam ser cores, e talvez, completamente tomado pela sua arte, não tivesse mais outro sentimento. Todas as impressões que teve dela, talvez derivassem somente daquela luz com que a iluminava: impressões, portanto, somente para ele. Ela não deve ter participado disso, porque não podia. Ora, nada irrita mais do que ser excluído de uma alegria, viva e presente diante de nós, ao nosso redor, da qual não se descobre nem se adivinha a razão. Mesmo se Giorgio Mirelli a tivesse declarado, não teria podido transmiti-la. Era uma alegria apenas para ele, e demonstrava que ele também, no fundo, não a apreciava e só queria seu corpo; não como os outros, é verdade, para uma baixa intenção, mas isso também, a longo prazo – pensando bem – só podia irritar mais aquela mulher. Porque, se não ser ajudada nas angustiantes incertezas do espírito pelos muitos que só viam e queriam seu corpo para saciar nele a bruta fome dos sentidos lhe causava ressentimento e náusea; o ressentimento por alguém que também só queria o corpo e nada mais; o corpo, mas só para extrair dele uma alegria ideal e absolutamente para si, devia ser muito mais forte, uma vez que faltava justamente o motivo da náusea, e deve ter tornado mais difícil, se não absolutamente fútil, a vingança que ela costumava lançar contra os outros. Um anjo, para uma mulher é sempre mais irritante do que um animal.

Sei por todos os colegas de arte de Giorgio Mirelli em Nápoles que ele era castíssimo, não porque não soubesse lidar com as mulheres, pois não era nada tímido, mas porque instintivamente fugia de qualquer distração vulgar.

Para explicar seu suicídio, sem qualquer dúvida devido em grande parte à Nestoroff, devemos supor que ela, não cuidada, não ajudada e irritadíssima, para poder se vingar, precisou fazer, com as artimanhas mais finas e astuciosas, com que seu corpo aos poucos começasse a viver diante dele não apenas para a delícia dos olhos; e quando o viu vencido e escravizado como muitos outros, proibiu, para melhor saborear a vingança, que ele tivesse dela outra alegria que não fosse aquela que até então ele se contentara como única ambicionada, por ser a única digna dele.

Digo que *devemos* supor isso, se queremos ser maldosos. A Nestoroff poderia dizer, e talvez diga, que ela não fez nada para alterar aquela relação de pura amizade que se estabelecera entre ela e Mirelli: tanto é verdade que quando ele, não mais satisfeito com aquela pura amizade, mais do que nunca atiçado pelas severas repulsas que ela lhe opunha, para conseguir sua intenção, propôs-lhe casamento, ela lutou por muito tempo — e isso é verdade, eu sei — para dissuadi-lo e quis sair de Capri, desaparecer; e no final se rendeu somente pelo violento desespero dele.

Mas é verdade que, querendo ser maldoso, também se pode pensar que, tanto a repulsa, quanto a luta, a ameaça e a tentativa de partir, de desaparecer, talvez fossem artimanhas bem arquitetadas e acionadas para levar ao desespero o jovem, depois de tê-lo seduzido, e obter dele muitas e muitas coisas que ele talvez, de outra forma, nunca concordaria; entre elas, que fosse apresentada como noiva na casinha da Sorrento àquela querida avó, àquela doce irmãzinha, de quem ele falara, e ao noivo dela.

Parece que Aldo Nuti, mais do que as duas mulheres, tenha se oposto bravamente a essa pretensão. Ele não tinha autoridade e poder para contrariar e impedir essas núpcias, já que Giorgio era dono de si, de suas ações e acreditava não dever prestar contas a ninguém, mas que levasse ali aquela mulher, a pusesse em contato com a irmã e a obrigasse a recebê-la e tratá-la como irmã, a isso sim, por Deus, podia e devia se opor e se opunha com todas as forças. Mas vó Rosa e Duccella sabiam que tipo de mulher era aquela que Giorgio queria levar lá e se casar? Uma aventureira russa, uma atriz, senão algo pior! Como permitir, como não se opor com todas as forças?

Com todas as forças... Sim, quem sabe quanto precisaram lutar vó Rosa e Duccella para vencer aos poucos, com doce e triste persuasão, todas aquelas forças de Aldo Nuti.

Ah, se tivessem podido imaginar o que iriam se tornar essas forças diante de Varia Nestoroff, assim que entrou, tímida, aérea e sorridente na querida casinha de Sorrento!

Talvez Giorgio, para desculpar a demora de vó Rosa e Duccella para responder, tenha dito para a Nestoroff, que a demora dependia da oposição com todas as forças do noivo da irmã; de modo que a

Nestoroff se sentiu tentada a medir com ele essas forças imediatamente, assim que entrou na casinha. Não sei de nada! Sei que Aldo Nuti foi e caiu num redemoinho, um jogo, e logo foi arrastado como um fiozinho de palha pela paixão por essa mulher.

Eu não o conheço. Vi-o apenas uma vez quando rapaz, quando dava aulas para Giorgio; e me pareceu leviano. Essa minha impressão não está de acordo com o que Mirelli me disse dele, quando voltei de Liège, isto é, que ele era complicado. Mas também o que soube sobre ele pelos outros não corresponde em nada à minha primeira impressão, que irresistivelmente me levou a falar dele conforme ideia que esta me deu. Deve ser, realmente, errada. Duccella pôde amá-lo! E isso, para mim, prova meu erro mais do que tudo. Mas não se manda nas impressões. Deve ser, como me dizem, um rapaz sério, mas de temperamento ardentíssimo; para mim, até que o veja novamente, permanece aquele rapaz leviano, com o brasão baronial nos lenços e na carteira, o senhorzinho que *gostaria muito de ser ator dramático.*

Ele conseguiu, e de verdade, com a Nestoroff, às custas de Giorgio Mirelli. O drama se passou em Nápoles, pouco depois da apresentação e a breve estadia da Nestoroff em Sorrento. Parece que Nuti voltara a Nápoles com os noivos, depois daquela breve estadia, para ajudar Giorgio, inexperiente, e ela, ainda sem prática da cidade, a montar a casa antes das núpcias.

Talvez o drama não tivesse acontecido ou teria tido um desfecho diferente, se não fosse a complicação do noivado, ou melhor, do amor de Duccella por Nuti. Por isso, Giorgio Mirelli precisou virar contra si a violência do horror insustentável, que lhe caiu em cima pela repentina descoberta da traição.

Aldo Nuti fugiu de Nápoles como um demente antes que vó Rosa e Duccella, em Sorrento, recebessem a notícia do suicídio de Giorgio.

Pobre Duccella, pobre vó Rosa! Essa mulher que de mil e mil milhas de distância veio trazer desordem e morte para sua casinha, onde, juntamente com as flores de dama da noite, desabrochava o mais ingênuo dos idílios, eu a tenho aqui, agora, sob a minha maquininha, todos os dias; e, se são verdadeiras as notícias que o Polacco me deu, dentro em pouco também terei aqui Aldo Nuti, que parece ter sabido que a Nestoroff é a primeira atriz da Kosmograph.

Não sei o porquê, mas o coração me diz, rodando a manivela desta maquininha de filmagem, que também estou destinado a executar a sua vingança e a vingança do seu pobre Giorgio, querida Duccella, querida vó Rosa!

Caderno Terceiro

I

Um leve desvio. Tem uma charrete que passa ali na frente — *Pó, pópóóó, póóó.*

O que? A buzina de um automóvel a puxa para trás? Sim! Parece realmente que a faz andar para trás, comicamente.

As três senhoras do automóvel riem, voltam-se, levantam os braços para acenar com muita vivacidade, em meio a um confuso e engraçado esvoaçar de véus coloridos; e a pobre charrete, envolvida por uma nuvem seca, nauseante, de fumaça e de pó, por mais que o cavalinho desancado se esforce para puxá-la com seu trotezinho cansado, continua a ir para trás, para trás, com as casas, as árvores, os raros passantes, até desaparecer no final da longa alameda. Desaparece? Não! O automóvel desaparece, a charrete está aqui, ainda vai em frente, devagar, com o trotezinho cansado, igual, de seu cavalinho desancado. E toda a alameda parece ir em frente, com ela, devagar.

Vocês inventaram as máquinas? Agora se deliciem com essa e outras sensações de agradável vertigem.

As três senhoras do automóvel são três atrizes da Kosmograph, e acenaram com tanta vivacidade para a charrete deixada para trás por sua corrida mecânica, não porque na charrete esteja alguém muito querido a elas, mas porque o automóvel, o mecanismo as inebria e suscita nelas essa desenfreada vivacidade. Está à disposição delas serviço grátis, pago pela Kosmograph. Na charrete, estou eu. Me viram desaparecer num instante, andando para trás comicamente, no fim da alameda; riram de mim; a essa hora já chegaram. Mas eu vou adiante, minhas caras. Devagarinho, sim, mas vocês viram uma charrete andar para trás, como que puxada por um fio, e toda a alameda disparar em frente numa corrida longa, confusa, violenta, vertiginosa. Eu, no entanto, estou aqui, posso me consolar da lentidão admirando um a um, tranquilamente, esses grandes plátanos verdes da alameda, que não foram arrancados pela sua fúria, mas estão bem plantados aqui, que convertem um sopro de ar no ouro do sol em seus ramos cinzentos, numa fresca de sombra violácea: gigantes da estrada, em fila, muitos, abrem e elevam ao céu, com poderosos braços, as imensas copas palpitantes.

Em frente, sim, mas não forte, cocheiro! Esse seu velho cavalinho desancado está tão cansado. Todos passam na frente dele: automóveis, bicicletas, bondes; a fúria de tanto movimento nas ruas também o empurra, sem que ele saiba ou queira, força irresistivelmente as pobres patas enrijecidas, cansadas do transporte de um lado a outro da grande cidade de tanta gente aflita, oprimida e ansiosa, por necessidades, misérias, obrigações, aspirações, que ele não pode entender! Talvez, mais do que tudo, cansam-no os que sobem na charrete com vontade de se divertir, e não sabem onde nem como. Pobre cavalinho, a cabeça vai baixando aos poucos, e não se levanta mais, nem mesmo se você o fustigar até sangrar, cocheiro!

— Ali, à direita... para a direita!

A Kosmograph é aqui, nesta travessa remota, nos arrabaldes.

II

Rebaixada, poeirenta, apenas traçada, tem o ar e a falta de graça de quem, esperando ficar tranquilo, esteja continuamente sendo incomodado.

Mas se uma rua no campo, a muitos quilômetros da cidade, não tem direito a algum tufo de grama, a todos aqueles fios errantes de sons sutis, com os quais o silêncio tece a paz em lugares solitários, ao coaxar de alguma rãzinha quando chove e às poças d'água que refletem na noite serena as estrelas, ou seja, de todas as delícias da natureza aberta e deserta, não sei realmente quem teria.

O dia todo é um trânsito ininterrupto de automóveis, charretes, carroças, bicicletas, atores, operadores, maquinistas, operários, figurantes, carregadores; a barulheira de martelos, serras, plainas, poeira e fedor de gasolina.

Os edifícios, altos e baixos, da grande Casa cinematográfica surgem no fim da rua, de um lado e de outro; alguns mais adiante, sem ordem, pelo vastíssimo espaço que se estende e espalha pelo campo: um, mais alto de todos, é encimado como que por uma torre envidraçada, de vidros opacos que brilham ao sol; e no muro que se vê da rua e da alameda, sobre a brancura ofuscante de cal, em letras pretas, garrafais, está escrito:

"KOSMOGRAPH"

A entrada é à esquerda, por uma portinha ao lado do portão, que se abre raramente. Em frente, há um refeitório, batizado pomposamente *Trattoria da Kosmograph*, com um belo pergolado sobre uma paliçada, que envolve todo o assim chamado jardim e cria dentro um ar esverdeado. Dentro, cinco ou seis mesas rústicas, não muito firmes sobre os quatro pés, e banquetas. Muitos atores, maquiados e vestidos com roupas estranhas, sentam-se ali e conversam animadamente; um grita mais forte do que todos, batendo com fúria a mão na coxa:

— Estou dizendo que é preciso pegar aqui, aqui, aqui!

E os tapas, nas calças de couro, parecem tiros.

Certamente falam do tigre, comprado há pouco pela Kosmograph; do modo como deve ser morto; do lugar preciso em que deve ser atingido. O tigre é uma ideia fixa. Ouvindo-os, parecem ser todos caçadores profissionais de animais ferozes.

Amontoados diante da entrada, ficam escutando-os com rostos risonhos os motoristas de automóveis gastos e empoeirados; os cocheiros das charretes à espera, atrás, onde a travessa é fechada por uma cerca de ripas e estacas; e muitas outras pessoas pobres, as mais miseráveis que eu conheço, apesar de vestidas com uma certa decência. São (peço desculpas, mas aqui tudo tem nome francês ou inglês), são os *cachets* eventuais, isto é, aqueles que vêm se oferecer, caso necessário, como figurantes. A petulância deles é insuportável, pior que a dos mendigos, porque vêm aqui para ostentar uma miséria que não pede a caridade de um troco, mas cinco liras, para muitas vezes se fantasiar grotescamente. É preciso ver a confusão, certos dias, no galpão-vestiário, para agarrar e vestir logo algum andrajo vistoso, e com que ares saem assim vestidos pelos estúdios e pelas ruas, bem sabendo que, quando conseguem se vestir, mesmo se não atuam, recebem meia diária.

Dois, três atores saem do restaurante, abrindo caminho em meio à confusão. Estão cobertos por uma malha cor de açafrão, com o rosto e os braços pintados de amarelo sujo e uma espécie de crista de penas coloridas na cabeça. Índios. Cumprimentam-me:

— Olá, Gubbio.

— Olá, *Rodando...*

Rodando é o meu apelido. Sim!

Acontece a uma pacífica tartaruga de se esconder exatamente ali, onde um rapazote mal-educado se agacha para fazer uma necessidade. Pouco depois, o pobre animalzinho ignaro retoma pacificamente o seu vagaroso andar com a necessidade do rapazote no casco, torre imprevista.

Empecilhos da vida!

Vocês perderam um olho, e o caso foi grave. Mas somos todos, uns mais outros menos, marcados, e não percebemos. A vida nos marca; em alguns, coloca uma mania, em outros, uma careta.

Não? Desculpem-me, vocês, vocês mesmo que dizem que não... *magnificamente*... não entulham continuamente todos os seus discursos com esse advérbio terminado em *-mente*?

"Fui magnificamente aonde me indicaram; encontrei-o e magnificamente; mas como, você, magnificamente..."

Tenham paciência! Ninguém ainda se chama *Senhor Magnificamente*... Serafino Gubbio (*Rodando*...) foi mais desgraçado. Sem perceber, talvez tenha me acontecido algumas vezes, ou várias vezes seguidas, repetir, depois do diretor de cena, a frase sacramental – *Rodando...* –; devo tê-la repetido com o rosto sério e o ar que me é próprio, de profissional impassibilidade, e bastou isso para que todos agora, por sugestão de Fantappié, me chamem *Rodando...*

Todo mundo na Itália conhece Fantappié[2], o ator cômico da Kosmograph, que se especializou na caricatura da vida militar: *Fantappié na caserna e Fantappié no campo de tiro; Fantappié nas grandes manobras e Fantappié voando de balão; Fantappié de sentinela e Fantappié soldado colonial...*

Ele mesmo se pôs o apelido: um apelido que combina bem com sua especialidade. Em estado civil se chama Roberto Chismicò.

– Garoto, você ficou ofendido porque lhe coloquei o apelido de *Rodando*? – perguntou-me, há algum tempo.

– Não, meu caro – respondi sorrindo. – Você me rotulou.

---

[2] Soldado de infantaria a pé.

– Eu também me rotulei, vá lá!

Todos rotulados, sim. E mais do que todos, aqueles que menos percebem, caro Fantappié.

III

Entro à esquerda no vestíbulo, e saio de novo na rampa do portão, encascalhada e encravada entre os prédios do segundo departamento, o Departamento Fotográfico ou do Positivo.

Como operador, tenho o privilégio de ter um pé nesse departamento e outro no Departamento Artístico ou no do Negativo. E todas as maravilhas da complicação industrial, e assim chamada artística, são familiares para mim.

Aqui acontece misteriosamente o trabalho das máquinas.

Toda a vida que as máquinas comeram com a voracidade dos animais afligidos por um verme solitário, deságua aqui, nas amplas salas subterrâneas, clareadas apenas por sombrias lâmpadas vermelhas, que iluminam sinistramente com uma leve cor sanguínea as enormes bandejas preparadas para o banho.

A vida engolida pelas máquinas está ali, naqueles vermes solitários, quero dizer, nas películas já penduradas nos varais.

É preciso fixar essa vida, que não é mais vida, para que outra máquina possa lhe devolver o movimento suspenso aqui em muitos instantes.

Estamos como num ventre, no qual esteja se desenvolvendo e formando uma monstruosa gestação mecânica.

E quantas mãos trabalham ali na sombra! Existe aqui todo um exército de homens e mulheres: operadores, técnicos, seguranças, encarregados do gerador e de outras máquinas, secagem, imersão, enrolamento, coloração, perfuração dos filmes e junção das peças.

Basta que eu entre aqui, nessa escuridão doente pelo respiro das máquinas, pelas exalações das substâncias químicas, para que todo o meu supérfluo evapore.

Mãos, só vejo mãos nesses quartos escuros; mãos ocupadas nas bandejas; mãos às quais o brilho sombrio das lâmpadas vermelhas dá uma aparência espectral. Penso que essas mãos pertençam a homens que não existem mais; que aqui estão condenados a serem apenas mãos: essas mãos, instrumentos. Têm um coração? Para que serve? Aqui não serve. Ele também, de máquina, só pode servir como instrumento para mover essas mãos. E a cabeça: só serve para pensar para quê essas mãos podem servir. Aos poucos me invade todo o horror da necessidade que se impõe a mim, tornar-me também uma mão e nada mais.

Vou até o almoxarifado para buscar película virgem, e preparo o alimento para minha maquineta.

Assumo imediatamente, com ela na mão, a minha máscara de impassibilidade. Ou melhor, não existo mais. Agora ela caminha com as minhas pernas. Da cabeça aos pés, pertenço a ela: faço parte de seu mecanismo. Minha cabeça está aqui, na maquineta, e a carrego nas mãos.

Fora, no claro, por todo o vastíssimo recinto, há a alegre animação das empresas que prosperam e compensam, pontual e lautamente, todo o trabalho; a fácil execução do trabalho, na certeza de que não haverá problemas e de que qualquer dificuldade, pela abundância de recursos, será facilmente superada; aliás, uma febre para introduzir, quase por desafio, as dificuldades mais estranhas e insólitas, sem pensar em despesas, com a certeza de que o dinheiro, agora gasto sem contar, logo voltará centuplicado.

Cenógrafos, maquinistas, decoradores, marceneiros, pedreiros e pintores, eletricistas, alfaiates e costureiras, modistas, floristas, muitos outros operários encarregados da sapataria, da chapelaria, do arsenal, nos galpões da mobília antiga e moderna, no guarda-roupa, estão todos ocupados, mas não seriamente e nem por brincadeira.

Só as crianças têm a divina sorte de levar a sério suas brincadeiras. O encanto está nelas e o derramam nas coisas com que brincam, deixando-se enganar. Não é mais uma brincadeira, é uma realidade encantada.

Aqui é tudo ao contrário.

Não se trabalha de brincadeira, porque ninguém tem vontade de brincar. Mas como levar a sério um trabalho que só tem objetivo de enganar — não a si mesmos, mas os outros? Enganar, construindo as mais estúpidas ficções que a máquina é encarregada de dar à realidade encantada?

Vem daí, forçosamente e sem possibilidade de engano, um jogo híbrido. Híbrido, porque nele a estupidez da ficção é muito mais visível e óbvia, já que é registrada exatamente pelo meio que menos se presta ao engano: a fotografia. Deve-se entender que a fantasia não pode adquirir realidade a não ser pela arte, e que a realidade que uma máquina pode dar mata a fantasia, pelo simples fato de ser dada por uma máquina, isto é, por um recurso que revela e demonstra a ficção simplesmente porque a mostra e apresenta como real. Mas se é mecanismo, como pode ser vida, como pode ser arte? É quase como entrar num desses museus de estátuas vivas, de cera, vestidas e pintadas. Não sentimos nada além da surpresa (que pode também ser desgosto) do movimento, onde não é possível a ilusão de uma realidade material.

E ninguém acredita seriamente poder criar essa ilusão. Faz-se de tudo para dar material à máquina, aqui nas oficinas, lá nos quatro estúdios ou nos palcos. O público, como a máquina, aceita tudo. Faz-se dinheiro aos montes, pode-se gastar alegremente milhares e milhares de liras para a construção de um cenário, que na tela não durará mais de dois minutos.

Decoradores, maquinistas, atores fingem enganar a máquina, que dará aparência de realidade a todas as suas ficções.

O que sou para eles, eu que com muita seriedade assisto impassível, rodando a manivela, o seu estúpido jogo?

IV

Com licença um momento. Vou ver o tigre. Vou continuar a contar, retomarei o fio da conversa mais tarde, não duvidem. Preciso ir, agora, ver o tigre.

Desde que o compraram, vou todos os dias visitá-lo antes de começar a trabalhar. Só não pude dois dias, porque não me deram tempo.

Tivemos aqui outros animais ferozes, apesar de muito tristes: dois ursos brancos, que passavam o dia em pé sobre as patas traseiras, batendo no peito, como monges em penitência; três leõezinhos friorentos, sempre amontoados num canto da jaula, um sobre o outro; outros três animais não propriamente ferozes: uma pobre avestruz assustada com qualquer barulho, como um pintinho, e sempre insegura de pousar o pé; e muitos macacos endiabrados. A Kosmograph tem de tudo, até um recinto apropriado, apesar de os inquilinos durarem pouco.

Nenhum animal me falou como esse tigre.

Quando o compramos, chegara há pouco, doação de não sei qual ilustre personagem estrangeiro ao Jardim Zoológico de Roma. Não puderam mantê-lo no Jardim Zoológico, porque era completamente incorrigível; não falo em fazê-lo assoar o nariz com o lenço, nem respeitar as regras mais elementares da vida social. Três ou quatro vezes ameaçou saltar o fosso; aliás, tentou saltá-lo, para atacar visitantes, que o estavam pacificamente admirando de longe.

Mas qual outro pensamento mais espontâneo do que esse podia surgir na mente de um tigre (se não gostarem de "mente", podemos dizer "nas patas"), isto é, que aquele fosso existia justamente para que ele tentasse saltá-lo e que aqueles senhores estivessem ali na frente para serem devorados por ele, se conseguisse saltar?

Certamente é uma virtude saber suportar uma brincadeira, mas sabemos que nem todos têm essa virtude. Muitos não conseguem nem tolerar que outros pensem poder brincar com eles. Falo de homens, os quais, em abstrato, podem reconhecer que às vezes é lícito brincar.

O tigre, dizem vocês, não está exposto num jardim zoológico por brincadeira. Acredito. Mas não lhe parece uma brincadeira pensar que ele possa supor que esteja ali exposto para dar ao povo uma "viva noção" de história natural?

Voltamos ao ponto de partida. A pergunta – não sendo nós propriamente tigres, mas homens – é retórica.

Podemos nos compadecer de um homem que não saiba suportar brincadeiras; não devemos nos compadecer de um animal; tanto mais se essa brincadeira à qual o expusemos, da "viva noção", pode ter consequências funestas, isto é, para os visitantes do Jardim Zoológico, uma noção demasiado experimental da ferocidade do tigre.

De modo que o tigre foi sensatamente condenado à morte. A empresa da Kosmograph soube em tempo e o comprou. Agora está aqui, numa jaula no nosso recinto. Desde que veio para cá, está muito sensato. Como se explica? O nosso tratamento, sem dúvida, lhe parece muito mais lógico. Aqui não lhe é dada a liberdade de tentar saltar qualquer fosso, nenhuma ilusão de *cor local*, como no Jardim Zoológico.

Aqui, tem à sua frente as barras da jaula, que lhe dizem continuamente: — *Você não pode fugir, é prisioneiro* — e passa quase todo o dia deitado e resignado olhando por entre as barras, numa espera tranquila e atônita.

Pobre animal, não sabe que aqui lhe caberá algo bem diferente da brincadeira da "viva noção"!

O roteiro já está pronto, de inspiração indiana, no qual ele está destinado a representar um dos papéis principais. Cenário espetacular, em que se gastará algumas centenas de milhares de liras, mas é o mais estúpido e mais vulgar que se possa imaginar. Basta ver o título: *A mulher e o tigre*. A costumeira mulher mais tigre do que o tigre. Parece que entendi, que será uma *miss* inglesa em viagem pela Índia com uma comitiva de admiradores.

A Índia será falsa, a selva será falsa, a viagem será falsa, falsa a *miss* e falsos, os admiradores: só a morte desse pobre animal não será falsa. O que vocês acham? Não sentem retorcerem as entranhas de indignação?

Matá-lo, em defesa própria ou em defesa da integridade de outros, está bem! Ainda que a fera não tenha vindo aqui porque quis, expor-se em meio aos homens, mas porque os próprios homens, para seu prazer, tenham ido capturá-la, arrancá-la de sua toca selvagem. Mas matá-la assim, num bosque falso, numa caça falsa, por uma estúpida ficção, é verdadeira maldade que vai longe demais! Um dos admiradores, em certo ponto, irá disparar contra um rival à queima-roupa. Vocês verão esse rival cair morto. Sim, senhores.

Terminada a cena, ele se levanta, sacudindo a roupa do pó do palco. Mas esse pobre animal não se levantará mais, depois que atirarem nele. Levarão embora o bosque falso e também, como um estorvo, o cadáver dele. Em meio a uma ficção geral, sua morte será real.

Se ao menos fosse uma ficção que, com sua beleza e sua nobreza, pudesse de algum modo compensar o sacrifício desse animal. Não. É muito estúpida. O ator que irá matá-lo talvez nem saiba por que vai matá-lo. A cena vai durar um minuto, dois minutos projetada na tela, e passará sem deixar uma lembrança duradoura nos espectadores, que sairão da sala bocejando:

– Oh, Deus, que estupidez!

Isso, ó bela fera, é o que a espera. Você não sabe, e olha pelas barras da jaula com esses olhos assustadores, em que as pupilas fendidas ora se encolhem, ora se dilatam. Quase vejo evaporar de todo o seu corpo, como fumaça de brasa, a sua ferocidade, e, marcado nas listras pretas do seu pelo, o ímpeto elástico dos saltos irrefreáveis. Quem quer que o olhe de perto fica satisfeito com a jaula que o aprisiona e que também detém nele o instinto feroz, que a sua visão move irresistivelmente em seu sangue.

Você não pode ficar aqui de outra forma. Ou assim, aprisionado, ou será preciso matá-lo; pois a sua ferocidade – entendamos – é inocente: a natureza a colocou em você, e você, usando-a, obedece a ela e não pode ter remorsos. Não podemos tolerar que você, depois de um banquete sangrento, possa dormir tranquilamente. A sua própria inocência nos faz inocentes da sua morte, quando é para nossa defesa. Podemos matá-lo, e depois, como você, dormir tranquilamente. Mas podemos matá-lo lá, nas terras selvagens, onde você não admite que outros passem; não aqui, não aqui para onde você não veio porque quis, por seu prazer. Aqui, a bela inocência ingênua da sua ferocidade torna a nossa maldade nauseante. Queremos nos defender de você, depois de tê-lo trazido aqui, para nosso prazer, e o mantemos preso: essa não é mais a sua ferocidade, é a ferocidade desleal! Mas sabemos, não duvide, também sabemos ir adiante, fazer melhor: mataremos você por brincadeira, estupidamente. Um caçador falso, numa caçada falsa, entre árvores falsas... Seremos honestos em tudo, realmente, do roteiro inventado. Tigres, mais tigres do que um tigre. E dizer que o sentimento que esse filme em preparação deseja despertar nos espectadores é o desprezo pela ferocidade humana. Nós colocaremos em prática essa ferocidade de brincadeira, e também contamos em ganhar com ela, se sair bem, uma bela soma.

Você está olhando? O que, bela fera inocente? É mesmo assim. Você está aqui para isso. E eu, que a amo e admiro, quando a matarem, rodarei *impassível* a manivela desta graciosa maquineta aqui, está vendo? Inventaram-na. Ela precisa agir, precisa comer. Ela come tudo, qualquer estupidez que coloquem à sua frente. Vai comer você também; come tudo, estou dizendo! E eu a sirvo. Vou colocá-la mais perto, quando você, ferida de morte, fizer os últimos movimentos. Ah, não duvide, irá tirar da sua morte todo o proveito possível! Nunca lhe acontece degustar uma comida como essa. Você pode ter esse consolo. E, se quiser, também outro.

Todos os dias, como eu, vem aqui diante da sua jaula uma mulher para estudar como você se move, como vira a cabeça, como olha. A Nestoroff. Parece pouco? Elegeu você como mestre. Sorte como essa não acontece a todos os tigres.

Em geral, ela leva a sério seu papel. Mas ouvi dizer que o papel da *miss* "mais tigre do que o tigre" não será dela. Talvez ela ainda não saiba; acredita que será dela; e vem aqui estudar.

Disseram-me, rindo dela. Mas eu mesmo, outro dia, a surpreendi enquanto vinha aqui, e falei com ela por bastante tempo.

V

Não se fica em vão, vejam bem, por meia hora, olhando e examinando um tigre para ver nele uma expressão da terra, ingênua, além do bem e do mal, incomparavelmente bela e inocente em sua força feroz. Antes que se parta dessa "originariedade" e se consiga ver diante de nós alguém dos nossos sonhos, reconhecê-lo e considerá-lo como um habitante da mesma terra — pelo menos para mim, não sei se também para vocês — demora um pouco.

De modo que fiquei um bom tempo olhando a senhora Nestoroff sem conseguir entender o que ela me dizia.

Mas a culpa, na verdade, não era só minha e do tigre. O fato de ela falar comigo era insólito; e facilmente, se nos fala de surpresa alguém com quem não tivemos relações desse tipo, de início, temos dificuldade de entender o sentido, às vezes até o som das palavras mais comuns, e perguntamos:

— Desculpe, o que disse?

Em pouco mais de oito meses que estou aqui, entre mim e ela, fora os cumprimentos, houve a troca de apenas umas vinte palavras.

Depois, ela — sim, também aconteceu isso —, aproximando-se, começou a falar muito levianamente, como se costuma fazer quando queremos desviar a atenção de alguém que nos surpreende em alguma ação ou pensamento que queremos esconder. (A Nestoroff fala com assombrosa facilidade e com perfeito sotaque da nossa língua, como se estivesse na Itália há muitos anos, mas logo passa para o francês, assim que, mesmo momentaneamente, se altere ou se inflame.) Ela queria perguntar a mim se me parecia que a profissão de ator fosse tal, que um animal qualquer (mesmo não metaforicamente) pudesse se considerar apto a exercê-la.

— Onde? — perguntei.

Ela não entendeu a pergunta.

— Bem — expliquei —, se se trata de exercitá-la aqui, onde não se precisa da palavra, talvez até um animal possa ser capaz, por que não?

Vi seu rosto obscurecer.

— Deve ser por isso — disse misteriosamente.

De início, pareceu-me entender que ela (como todos os atores de profissão, contratados aqui) falasse por ressentimento de alguns, que, sem ter necessidade, mas também não desdenhando um ganho fácil, por vaidade, por prazer, ou por outra coisa, arranjam um modo de serem aceitos pela Casa e tomar lugar entre os atores sem muita dificuldade, se não contarmos aquele modo que seria mais árduo para eles e talvez impossível de superar sem uma longa experiência e uma verdadeira aptidão; falo da representação. Temos muitos desses na Kosmograph, que são verdadeiros mestres nisso, todos jovens entre vinte e trinta anos, ou amigos de algum forte sócio na administração da Casa, ou eles mesmos sócios, que se dispõem a assumir em algum filme este ou aquele papel, que lhes agrada, só por divertimento; e o desempenham muito nobremente, alguns até de maneira a causar inveja em um verdadeiro ator.

Mas, refletindo depois sobre o tom misterioso com que ela, obscurecendo de repente, proferiu aquelas palavras: — *Deve ser por isso* —, surgiu-me a dúvida de que talvez lhe tivesse chegado a notícia de que Aldo Nuti, não sei como, estava buscando um meio para entrar aqui.

Essa dúvida perturbou-me bastante.

Por que ela veio perguntar justamente para mim, tendo em mente Aldo Nuti, se a profissão de ator me parecia tal, que qualquer animal pudesse se considerar apto a exercê-la? Ela sabia da minha amizade com Giorgio Mirelli?

No momento, eu não tinha, e ainda não tenho, qualquer motivo para acreditar nisso. Das perguntas que astuciosamente lhe fiz para que me esclarecesse não consegui tirar nenhuma certeza.

Não sei por quê, mas ficaria muito desgostoso se ela soubesse que fui amigo de Giorgio Mirelli em sua primeira juventude, e que me era familiar a casinha de Sorrento, para onde ela levou a desordem e a morte.

Disse que não sei por quê, mas não é verdade; sei o porquê e já o mencionei antes. Não gosto, repito, nem poderei gostar dessa mulher, mas também não a odeio. Aqui todos a odeiam, e esta já seria uma razão fortíssima para não a odiar. Sempre, ao julgar os outros, me esforcei para superar o círculo dos meus afetos, encontrar no estrondo da vida, feito mais de prantos do que de risos, o maior número de notas possível fora do acorde dos meus sentimentos. Conheci Giorgio Mirelli, mas como? Mas qual? Como ele era nas relações que tinha comigo. Como era para mim que o amava. Mas quem ele era e como era nas relações com essa mulher? Como era para que ela pudesse amá-lo? Não sei! Certamente, não era, não podia ser um – o mesmo – para mim e para ela. E como eu poderia julgar essa mulher por ele? Todos temos um falso conceito da unidade individual. Toda unidade está nas relações dos elementos entre si, o que significa que, variando mesmo minimamente as relações, varia forçosamente a unidade. Explica-se assim, como alguém que, com razão, seja amado por mim, possa, com razão, ser odiado por outro. Eu que amo e o outro que odeia, somos dois, e não apenas isso, mas aquele que amo e aquele que o outro odeia não são os mesmos; são um e um: também são dois. E nós mesmos nunca podemos saber qual realidade nos é dada pelos outros; quem somos para este e para aquele.

Ora, se a Nestoroff viesse a saber que fui muito amigo de Giorgio Mirelli, talvez suspeitaria em mim um ódio por ela que não sinto, e bastaria essa suspeita para fazê-la se tornar outra para mim, mesmo eu permanecendo na mesma disposição de ânimo por ela; ela assumiria para mim um papel que esconderia muitas outras, e eu não poderia mais observá-la, como agora a observo, inteira.

Falei-lhe do tigre, dos sentimentos que a presença dele nesse lugar e o seu destino despertam em mim, mas logo percebi que ela não era capaz de entendê-los, não por incapacidade, mas porque as relações que se estabeleceram entre ela e a fera não lhe consentem piedade por ela, nem desdém pelo que vai acontecer aqui.

Disse-me sutilmente:

— Ficção, sim, até estúpida se você quiser, mas quando for levantada a portinhola da jaula e levarem esse animal para uma jaula maior, que servirá de um trecho de bosque, com as barras escondidas nas folhas, o caçador, mesmo falso como o bosque, terá o direito de se defender dele, justamente porque ele, como você diz, não é um animal falso, mas um animal verdadeiro.

— O mal é justamente esse — exclamei —, servir-se de um animal verdadeiro onde tudo será falso.

— Quem lhe disse isso? — retrucou prontamente. — Será falso o papel do caçador, mas diante deste animal verdadeiro também estará um homem verdadeiro! E garanto que, se ele não o matar no primeiro tiro, ou não o ferir de modo a derrubá-lo, ele, sem levar em conta que o caçador é falso e falsa é a caça, saltará em cima dele e trucidará de verdade um homem verdadeiro.

Sorriu da astúcia de sua lógica e disse:

— Mas quem desejou isso? Veja como está aqui! Não sabe de nada, esse belo animal, sem culpa de sua ferocidade.

Olhou-me com olhos estranhos, como que suspeitando que eu quisesse zombar dela, mas depois também sorriu, levantou levemente os ombros e acrescentou:

— Gosta tanto assim dele? Domestique-o! Faça dele um tigre ator, que saiba fingir cair morto ao falso disparo de um caçador falso, e tudo vai dar certo.

Se continuássemos, nunca teríamos nos entendido, porque eu gostava do tigre e ela, do caçador.

De fato, o caçador designado para matá-lo é Carlo Ferro. A Nestoroff deve estar muito consternada; e talvez não venha aqui, como querem os maldosos, para estudar o seu papel, mas para avaliar o perigo que seu amante enfrentará.

Ele também, por mais que ostente uma desdenhosa indiferença, deve estar, no fundo, apreensivo. Sei que ele, falando com o diretor geral, comendador Borgalli, e também nos escritórios da administração, exigiu muitas coisas: um seguro de vida em caso de morte, tomara que não aconteça, de ao menos cem mil liras, em benefício de seus parentes que vivem na Sicília; outro seguro, mais modesto, em caso de incapacidade para o trabalho por algum eventual ferimento, que tomara também não aconteça; uma grande gratificação, se tudo, como se espera, andar bem, e ainda — exigência, certamente não sugerida, como as anteriores, por um advogado — a pele do tigre morto.

A pele do tigre será, sem dúvida, para a Nestoroff; para os pezinhos dela; tapete precioso. Oh, ela certamente deverá ter desaconselhado ao amante, pedindo, suplicando, assumir esse papel tão perigoso, mas depois, vendo-o decidido e empenhado, deve ter sugerido, ela mesma, ao Ferro, para exigir ao menos a pele do tigre. Como "ao menos"? Sim! Que ela tenha dito "ao menos", me parece inquestionável. Ao menos, isto é, em compensação pela angústia que lhe causará a prova a que ele vai se expor. Não é possível que

Carlo Ferro tenha pensado nisso, na ideia de ter a pele da fera morta para colocá-la debaixo dos pezinhos de sua amante. Carlo Ferro não é capaz de tais ideias. Basta olhá-lo para se convencer: olhar aquela sua enorme cabeça escura, peluda e arrogante, de bode.

Outro dia, ele veio interromper a minha conversa com a Nestoroff diante da jaula. Nem se preocupou em saber do que falávamos, como se para ele não pudesse ter qualquer importância uma conversa comigo. Só me olhou, encostou a bengala de bambu no chapéu como sinal de cumprimento, olhou com a habitual e desdenhosa indiferença o tigre na jaula, dizendo à amante:

— Vamos, o Polacco está pronto, nos espera.

E virou de costas, certo de que a Nestoroff o seguia, como um tirano seguido pela sua escrava.

Ninguém mais do que ele sente e demonstra a instintiva antipatia, que eu disse ser comum em quase todos os atores por mim, e que se explica, ou ao menos eu explico, como um efeito, que para eles mesmos não é claro, da minha profissão.

Carlo Ferro sente essa antipatia mais do que todos, porque, entre muitas outras sortes, ele tem a sorte de se considerar seriamente um grande ator.

VI

Não é tanto por mim — Gubbio — a antipatia, quanto pela minha maquineta. Voltam-se contra mim, porque sou eu que a rodo.

Eles não percebem claramente, mas eu, com a manivela na mão, sou para eles, na verdade, uma espécie de executor.

Cada um deles — falo dos atores de verdade, isto é, daqueles que realmente amam sua arte, qualquer que seja o seu valor — está aqui de má vontade, está aqui porque pagam melhor, e por um trabalho que, mesmo que exija algum esforço, não exige nenhum esforço intelectual. Muitas vezes, repito, nem sabem qual papel estão representando.

A máquina, com os enormes lucros que produz, se os contrata, pode compensá-los muito melhor do que qualquer empresário ou diretor proprietário de companhia dramática. E não só, mas ela, com suas reproduções mecânicas, podendo oferecer a bom preço ao grande público um espetáculo sempre novo, enche as salas dos cinemas e deixa vazios os teatros, de modo que todas ou quase todas companhias dramáticas agora fazem poucos negócios; os atores, para não morrer de fome, veem-se obrigados a bater na porta das casas cinematográficas. Mas não odeiam a máquina apenas pela humilhação do trabalho estúpido e mudo a que ela os condena, odeiam-na principalmente porque se veem afastados, se sentem arrancados da comunhão direta com o público, do qual antes obtinham melhor recompensa e maior satisfação, vendo e sentindo do palco, num teatro, uma multidão atenta e em suspense seguir a sua ação viva, comover-se, estremecer, rir, empolgar-se, prorromper em aplausos.

Aqui, sentem-se em exílio. Em exílio, não só do palco, mas quase de si mesmos. Porque a sua ação, ação viva de seu corpo vivo, lá, na tela dos cinemas, não existe mais: existe sua imagem apenas, colhida num momento, num gesto, numa expressão, que brilha e desaparece. Sentem confusamente, com um sentimento angustiado, indefinível de vazio, aliás, de esvaziamento, que seu corpo está quase subtraído, suprimido, privado de sua realidade, de sua respiração, de sua voz, do barulho que produzem se movendo, para se tornar apenas uma imagem muda, que tremula por um momento na tela e desaparece em silêncio, de repente, como uma sombra inconsistente, jogo de ilusão sobre um miserável pedaço de pano.

Eles também se sentem escravos dessa maquineta estridente, que, sobre o tripé de pernas retráteis, parece uma grande aranha à espreita, uma aranha que suga e absorve sua realidade viva para lhe dar uma aparência evanescente, momentânea, jogo de ilusão mecânica diante do público. E aquele que os despoja de sua realidade e lhes dá de comer à maquineta; que reduz à sombra o seu corpo, quem é? Sou eu, Gubbio.

Eles ficam aqui, como quando ensaiam num palco de dia. A noite da representação para eles nunca vem. Não veem mais o público. A maquineta, com suas sombras, cuida da representação diante do público, e eles devem se contentar em representar só diante dela. Depois que representaram, sua representação é película.

Podem me querer bem?

Eles têm uma certa compensação pela humilhação de não serem os únicos vexados a serviço dessa maquineta, que move, agita, atrai tanto mundo ao seu redor. Escritores ilustres, comediógrafos, poetas, romancistas vêm aqui, todos, em geral, dignamente propondo a "regeneração artística" da indústria. E a todos o comendador Borgalli fala de um modo, e Cocò Polacco de outro: aquele, nas vestes de diretor geral; este, despido, de diretor de cena. Cocò Polacco escuta pacientemente todas as propostas de roteiro, mas em certo ponto levanta a mão e diz:

— Oh, não, isso está um pouco cru. Devemos sempre olhar os ingleses, meu caro!

Saída genialíssima, essa a dos ingleses. Realmente, a maior parte das películas produzidas pela Kosmograph vai para a Inglaterra. Portanto, precisa se adaptar ao gosto inglês na escolha dos argumentos.

E quantas coisas não querem os ingleses nas películas, segundo Cocò Polacco!

— A *pruderie* inglesa, entende! Basta que digam *shocking*, e adeus tudo! Se as películas fossem diretamente para o julgamento do público, talvez, muito talvez, muitas coisas passariam, mas não: para a exportação das películas para a Inglaterra há os agentes, há a barreira, há a praga dos agentes. Eles decidem, inapelavelmente: esse vai, esse não vai. E, para cada filme que não vai, são centenas de milhares de liras perdidas ou desperdiçadas.

Ou então Cocò Polacco exclama:

— Muito bom! Mas este, meu caro, é um drama, um drama perfeito! Sucesso garantido! Quer fazer um filme? Nunca vou deixar! Como filme não vai bem. Já lhe disse, meu caro, sutil demais, sutil demais. Aqui queremos outra coisa! Você é muito inteligente, e sabe disso.

No fundo, se Cocò Polacco rejeita seus roteiros, faz também um elogio: diz-lhes que não são estúpidos o bastante para escrever para cinema. De um lado, porém, eles gostariam de entender, se resignariam entendendo, mas, de outro, também gostariam de ter os roteiros aceitos. Cem, duzentos e cinquenta, trezentas liras em alguns instantes... A dúvida de que o elogio de sua inteligência e o desprezo do cinema como instrumento de arte tenham sido usados para rejeitar com certa elegância os roteiros passa pela cabeça de alguns deles, mas a dignidade está salva e podem ir embora de cabeça erguida. De longe, os atores os cumprimentam como companheiros de desventura.

— Todos precisam passar por aqui! — pensam consigo com alegria maldosa. — Até as cabeças coroadas! Todos aqui, estampados por um momento sobre um lençol!

Há alguns dias, eu estava com Fantappié no galpão onde funciona a Sala de Ensaio e o escritório da direção artística, quando vimos um velhinho cabeludo, de cartola, com um nariz enorme, olhos vesgos atrás de óculos de ouro, a barbinha em forma de colar, que parecia todo encolhido por medo dos grandes cartazes ilustrados colados na parede, vermelhos, amarelos, azuis, espalhafatosos, terríveis, dos filmes que mais deram prestígio à Casa.

— Ilustre senador! — exclamou Fantappié com um salto, aproximando-se e parando em posição de sentido com a mão levantada comicamente em saudação militar. — Veio para o teste?

— Sim... sim... tinham me dito às dez — respondeu o ilustre senador, esforçando-se para reconhecer com quem falava.

— Às dez? Quem lhe disse? Polacco?

— Não entendi...

— O diretor Polacco?

— Não, um italiano... um que chamam de engenheiro...

— Ah, entendi: Bertini! Tinha lhe dito à dez? Não se preocupe. São dez e meia. Lá pelas onze estará aqui.

Era o venerando Professor Zeme, o insigne astrônomo, diretor do Observatório e senador do Reino, da Academia dos Linces, agraciado com não sei quantas condecorações italianas e estrangeiras, convidado a todos os jantares da Corte.

— E... desculpe, senador — retomou aquele gaiato do Fantappié. — Uma pergunta: não poderia me fazer ir à lua?

— Eu? À lua?

— Sim, quer dizer... cinematograficamente, é claro... *Fantappié na lua*: seria delicioso! Em exploração, com oito soldados. Pense um pouco, senador. Preparo uma cena... Não? Está dizendo que não?

O senador Zeme disse que não com a mão, senão exatamente com desdém, certamente com muita austeridade. Um cientista como ele não podia se dispor a colocar sua ciência a serviço de uma palhaçada. Prestou-se a se deixar filmar em todas as suas atividades no Observatório; quis até que fosse projetado na tela o registro das assinaturas dos mais ilustres visitantes do Observatório, para que o público lesse as assinaturas de Suas Majestades, o Rei e a Rainha, e de Suas Altezas reais, o Príncipe Herdeiro e as Princesinhas, e de Sua Majestade, o Rei da Espanha e outros reis e ministros de Estado e embaixadores, mas tudo isso para maior glória de sua ciência e para dar ao povo algumas imagens das *Maravilhas dos céus* (título da película) e das formidáveis grandezas em meio às quais ele, o senador Zeme, mesmo tão pequenino como é, vive e trabalha.

— Martuf![3] — exclamou baixinho Fantappié, como bom piemontês, com uma de suas caretas habituais, saindo comigo.

Mas voltamos pouco depois, atraídos por uma grande gritaria que se elevara no pátio.

Atores, atrizes, operadores, diretores de cena, maquinistas saíam dos camarins e da Sala de Ensaios e estavam em volta do senador Zeme, que discutia com Simone Pau, que costumava vir de quando em quando me encontrar na Kosmograph.

— Mas qual educação do povo! — berrava Simone Pau. — Faça-me o favor! Mande Fantappié para a lua! Faça-o jogar bocha com as estrelas! Ou acha que as estrelas são suas? Aqui, entregue-as aqui à divina tolice dos homens, que têm todo o direito de se apropriar delas e de jogar bocha com elas! De resto... de resto, desculpe, o senhor faz o quê? O que o senhor acha que é? O senhor só vê o objeto! O senhor só conhece o objeto! Isso é religião. E seu deus é o telescópio! O senhor acha que é um instrumento? Não é verdade! É o seu deus e o senhor o venera! O senhor é como o Gubbio, aqui, com sua

---

[3] Idiota, em dialeto do Piemonte.

maquineta! O servo... não quero ofendê-lo, o sacerdote, o pontífice máximo, lhe basta? desse seu deus, e jura no dogma de sua infalibilidade. Onde está o Gubbio? Viva Gubbio! Viva Gubbio! Espere, não vá embora, Senador! Eu vim aqui esta manhã para consolar um infeliz. Marquei encontro aqui, já deve ter chegado! Um infeliz, meu companheiro freguês do albergue de Falco... Não há melhor modo para consolar um infeliz do que lhe mostrar e fazê-lo sentir que não está sozinho. Convidei-o para vir aqui, para estar entre esses bravos amigos artistas. Ele também é um artista! Aqui está ele! Aqui está ele!

E o homem do violino, muito alto, curvado e sombrio, que eu vira já fazia mais de um ano no asilo de mendicância, adiantou-se, como sempre absorto, olhando absorto os pelos pendentes das fartíssimas sobrancelhas crispadas.

Todos abriram espaço. No silêncio que se seguiu, explodiram algumas risadas aqui e ali. Mas a maioria, que sentia-se espantada e com um certo sentimento de aversão, via aquele homem vir de cabeça inclinada, com os olhos absortos nos pelos das sobrancelhas, como se não quisesse ver o nariz carnudo e vermelho, enorme fardo e castigo de sua intemperança. Mais do que nunca, agora, parecia dizer: – Silêncio! Afastem-se! Estão vendo o que a vida pode fazer ao nariz de um homem?

Simone Pau apresentou-o ao senador Zeme, que foi embora indignado; todos riram; mas Simone Pau, sério, continuou a fazer a apresentação às atrizes, aos atores, aos diretores de cena, contando, um pouco a um, um pouco a outro, a história de seu amigo, como e porque depois daquele último famoso tropeço nunca mais tocou. Ao final, excitado, gritou:

– Mas hoje ele tocará, senhores! Tocará! Romperá o encanto maléfico! Prometeu-me que tocará! Mas não para vocês, senhores! Vocês ficarão de fora. Prometeu-me que tocará para o tigre! Sim,

sim, para o tigre! Para o tigre! É preciso respeitar essa sua decisão! Certamente ele tem boas razões! Vamos, vamos todos... Ficaremos de fora... Ele irá sozinho até a jaula, e tocará!

Entre gritos, risos, aplausos, todos nós, tomados por uma vivíssima curiosidade dessa bizarra aventura, seguimos Simone Pau, que pegara seu homem pelo braço e o levava adiante, seguindo as indicações que gritavam atrás deles sobre o caminho que deviam tomar para chegar ao recinto. Ao ver a jaula, ele deteve todos, recomendou silêncio, e mandou adiante, sozinho, aquele homem com seu violino.

Com o barulho, das oficinas, dos armazéns, vieram atrás de nós operários, maquinistas, decoradores em grande número para assistir à cena: uma multidão.

A fera se encolheu com um pulo no fundo da jaula; curvada, a cabeça baixa, os dentes à mostra, as garras de fora, pronta para o ataque: terrível!

O homem a olhou espantado, voltou-se perplexo para procurar Simone Pau com os olhos.

— Toque! — gritou ele. — Não tenha medo! Toque! Ele o compreenderá!

Então ele, como que se libertando com um tremendo esforço de um pesadelo, finalmente levantou a cabeça, sacudindo-a, jogou no chão o chapelão desbeiçado, passou a mão nos longos cabelos emaranhados, tirou o violino da velha capa de pano verde, e também a jogou no chão, sobre o chapéu.

Algumas piadas partiram dos operários amontoados atrás de nós, seguidas de risadas e comentários, enquanto ele afinava o violino, mas fez-se um grande silêncio assim que ele começou a tocar, de início um pouco incerto, hesitante, como se sentisse ferir pelo som de seu instrumento, que não ouvia há tanto tempo, depois, de repente, venceu a incerteza, e talvez os tremores dolorosos, com alguns golpes vigorosos. Seguiu-se a esses golpes, como uma angústia aos poucos crescente, insistente, de estranhas notas ásperas e surdas, um denso emaranhado, do qual, de vez em quando, uma nota emergia para se alongar, como quem tenta suspirar entre soluços. Afinal, essa nota se estendeu, se desenvolveu, se soltou, liberada da angústia, numa linha melódica límpida, muito doce e intensa, vibrante, de infinito tormento: uma profunda comoção invadiu todos nós, que, em Simone Pau, manifestou-se em lágrimas. Com os braços levantados, ele fazia sinal para ficarmos calados, não mostrar de qualquer modo a nossa admiração, porque no silêncio, aquele vesgo, maltrapilho, maravilhoso pudesse escutar sua alma.

Não durou muito. Abaixou as mãos, exausto, com o violino e o arco, e se voltou para nós com o rosto transfigurado, banhado de pranto, dizendo:

– Pronto...

Explodimos em aplausos fragorosos. Foi erguido em triunfo. Depois, levado ao restaurante próximo, apesar dos pedidos e ameaças de Simone Pau, bebeu e se embriagou.

Polacco mordeu um dedo de raiva, por não ter pensado em me mandar pegar logo a maquineta para filmar aquela cena da sonata ao tigre.

Como Cocò Polacco sempre entende tudo bem! Eu não podia lhe responder porque estava pensando nos olhos da senhora Nestoroff, que assistira à cena como num êxtase cheio de espanto.

Caderno Quarto

I

Não tenho mais a mínima dúvida: ela sabe da minha amizade com Giorgio Mirelli, e sabe que Aldo Nuti dentro em pouco estará aqui.

As duas notícias lhe foram dadas, certamente, por Carlo Ferro.

Mas por que aqui não querem se lembrar do que aconteceu entre os dois, e não foram cortadas logo as relações com o Nuti? Para favorecer essas relações, usou-se com muito empenho, debaixo dos panos, o Polacco, amigo de Nuti, e a quem Nuti se dirigiu desde o início. Parece que o Polacco tenha conseguido comprar em ótimas condições de um dos rapazes que aqui são "diletantes", o Fleccia, as dez ações que este possuía. Há alguns dias, de fato, o Fleccia anda dizendo que se cansou de ficar em Roma e que vai para Paris.

Sabe-se que esses rapazes, mais do que por todo o resto, vêm aqui pelas amizades que têm, ou que gostariam de ter, com alguma jovem atriz, e que muitos vão embora quando não conseguem ou se cansam. Digamos que seja amizade: por sorte, as palavras não enrubescem.

É assim: uma jovem atriz, vestida de cantora ou de bailarina, corre com o torso nu pelos estúdios e pelas ruas; para aqui e ali para conversar com os seios suntuosamente à vista de todos; o jovem seu amigo vem atrás dela com a caixa e o pincel do pó de arroz na mão, e, de vez em quando, o retoca na pele, nos braços, na nuca, na garganta, orgulhoso de que essa tarefa caiba a ele. Quantas vezes, desde que entrei na Kosmograph, vi Gigetto Fleccia correr assim atrás da pequena Sgrelli? Mas agora ele, há cerca de um mês, se cansou dela. A aprendizagem acabou: vai para Paris.

Portanto, não é surpresa para ninguém que Nuti, um homem rico e também um ator amador, venha tomar o lugar dele. Talvez não seja bastante conhecido, ou já tenha sido esquecido o drama de sua primeira aventura com a Nestoroff.

Às vezes eu sou ingênuo! Quem se lembra de alguma coisa depois de um ano? Na cidade, em meio a tanto turbilhão de vida, quem tem tempo para pensar em algo – homem, obra, fato – que mereça a lembrança de um ano? Vocês, Duccella e vó Rosa, na solidão do campo, podem se lembrar! Aqui, se é que alguém se lembra, foi mesmo um drama? Acontecem tantos dramas, e para ninguém esse turbilhão de vida para por um momento. Não é algo em que os outros, como estranhos, devam se meter para impedir as consequências de uma repetição. Que consequências? Um encontro com Carlo Ferro? Mas ele é muito malvisto por todos, não só por sua arrogância, mas justamente porque é amante da Nestoroff! Se esse encontro acontecer e surgir alguma confusão, será para os estranhos um espetáculo a mais para se deliciarem e, quanto aos que querem que nenhuma confusão surja, talvez esperem encontrar um pretexto para demitir com Carlo Ferro a Nestoroff, a qual, apesar de estar bem protegida pelo comendador Borgalli, aqui é um peso para todos os outros. Ou talvez se espere que a própria Nestoroff, para fugir do Nuti, se demita?

Certamente o Polacco trabalhou com tanto empenho para a vinda do Nuti unicamente por isso; e desde o princípio, às escondidas, desejou que o Nuti, contra qualquer influência que o Comendador Borgalli pudesse exercer, fosse munido com a aquisição, a um preço alto, das ações de Gigetto Fleccia, com o direito de ficar no lugar dele também como ator.

E depois, qual razão eles têm para se preocupar com o ânimo com que o Nuti virá? Estão prevendo se tanto, apenas o encontro com Carlo Ferro, porque Carlo Ferro está aqui, diante deles; podem vê-lo e tocá-lo; e não imaginam que possa haver alguém entre a Nestoroff e o Nuti.

— Você? — me perguntariam, se eu começasse a falar com eles sobre essas coisas.

Eu, meus caros? Eh, vocês estão brincando. Alguém que vocês não veem; alguém que vocês não podem tocar. Um espectro, como nas fábulas.

Assim que ele tentar se aproximar dela, forçosamente este espectro surgirá entre eles. Logo depois do suicídio, surgiu; e os fez fugir, aterrorizados, um do outro. Para vocês, um belíssimo efeito cinematográfico! Mas não para Aldo Nuti. Como agora ele pode pensar e tentar se aproximar dessa mulher? Não é possível que — pelo menos ele — tenha esquecido o espectro. Mas deve saber que a Nestoroff está aqui com outro homem. E certamente esse homem, agora, lhe dá coragem para se aproximar dela. Talvez ele espere que esse homem, com a solidez de seu corpo, esconda aquele espectro, ou impeça de vê-lo, envolvendo-os numa luta tangível, isto é, numa luta não contra um espectro, mas corpo a corpo. E talvez também irá fingir que acredita se envolver nessa luta por ele, para vingá-lo. Porque decerto a Nestoroff, colocando esse outro homem de lado, mostrou ter esquecido o "pobre morto".

Não é verdade. A Nestoroff não o esqueceu. Seus olhos disseram-me claramente pelo modo como ela me olha há dois dias, isto é, desde que Carlo Ferro, conforme informações que recebi, disse-lhe que fui amigo de Giorgio Mirelli.

Desdém, aliás, desprezo, evidentíssima aversão, é o que vejo há dois dias nos olhos da Nestoroff, assim que por algum instante pousam em mim. E fico contente. Porque tenho certeza de que o que imaginei e supus dela, observando-a, está certo e corresponde à realidade, como se ela mesma, numa sincera efusão de todos os seus mais secretos sentimentos, me tivesse aberto sua alma machucada e atormentada.

Há dois dias, ostenta diante de mim uma devota e submissa afeição por Ferro: abraça-o, debruça-se nele, mesmo dando a entender em quem a observe bem que ela, como todos os outros, mais que todos os outros, sabe e vê a angústia mental, os modos grosseiros, a bestialidade enfim, desse homem. Sabe e vê. Mas os outros – inteligentes e gentis – o desprezam e fogem dele? Pois bem, ela o estima e se apega a ele justamente por isso; justamente porque ele não é inteligente nem gentil.

Não poderia haver melhor prova do que essa. No entanto, além desse forte desprezo, algo mais deve se agitar nesse momento no coração dela! Certamente ela planeja alguma coisa. Certamente Carlo Ferro é para ela não mais do que um remédio azedo e muito amargo, ao qual, cerrando os dentes, fazendo uma enorme violência contra si mesma, ela se submeteu para se curar de um mal desesperado. E agora, mais do que nunca, agarra-se a esse remédio pela ameaça, com a vinda de Nuti, de recair em seu mal. Não que por isso eu creia que Aldo Nuti tenha algum poder sobre ela. Da outra vez, logo ela o pegou, despedaçou e jogou fora, com um fantoche. Mas a vinda dele certamente não tem outro objetivo senão tirá-la, arrancá-la de seu remédio, recolocando-a diante do espectro de Giorgio Mirelli, no qual ela talvez veja o seu mal: o angustiante tormento de seu estranho espírito, do qual nenhum homem que dela se aproximou soube ou quis cuidar.

Ela não quer mais esse mal, quer se curar a qualquer custo. Teme ser despedaçada se Carlo Ferro a abraçar. E esse temor a agrada.

— Mas de que lhe vale — eu gostaria de gritar —, de que lhe vale que Aldo Nuti não venha colocar seu mal na sua frente, se ele ainda está em você, sufocado à força e não vencido? Você não quer ver a sua própria alma. É possível? Ela a persegue, persegue sempre, persegue como uma louca! Para fugir dela você se agarra, se abriga nos braços de um homem que sabe não ter alma e que é capaz de matar você, se por acaso a sua alma, hoje ou amanhã, se apoderar de você de novo para trazer o antigo tormento! Ah, é melhor ser morta? Melhor ser morta do que recair nesse tormento de sentir uma alma dentro de você, uma alma que sofre e não sabe por quê?

Pois bem, esta manhã, enquanto eu rodava a maquineta, tive de repente a terrível suspeita de que ela — representando, como de costume, como uma demente, o seu papel — quisesse se matar: sim, sim, se matar na minha frente. Não sei como fiz para me manter impassível, para dizer a mim mesmo:

— Você é a mão, rode! Ela olha para você, olha fixo, só olha para você, para fazer você entender algo, mas você não sabe nada, você não tem que entender nada, rode!

Começamos a encenar o filme do tigre, que será muito longo, e do qual farão parte as quatro companhias. Nem vou me preocupar em procurar a ponta desse emaranhado novelo de vulgares, estupidíssimas cenas. Sei que a Nestoroff não irá participar, já que não conseguiu que lhe fosse destinado o papel da protagonista. Somente esta manhã, por uma especial concessão ao Bertini, ela posou para uma breve cena de "cor", num papelzinho secundário, mas não fácil, de uma jovem indígena, selvagem e fanática, que se mata executando "a dança dos punhais".

Depois de marcar o campo no chão, Bertini distribuiu em semicírculo uns vinte extras vestidos de indígenas selvagens. Nestoroff apareceu quase nua, só com uma faixa de listras amarelas, verdes, vermelhas e azuis na cintura. Mas a maravilhosa nudez de seu corpo firme, esguio e torneado estava quase coberta por uma desdenhosa indiferença, com a qual ela se apresentou no meio de todos aqueles homens, de cabeça erguida, os braços abaixados com um punhal em cada mão.

Bertini explicou brevemente a ação:

— Ela dança. É como um ritual. Todos estão assistindo religiosamente. De repente, no meio da dança, quando eu gritar, ela enfia os punhais no peito e cai no chão. Todos correm para cima dela, atônitos e assustados. Vamos, vamos, atentos ao campo! Vocês aí, entenderam? Primeiro estão sérios, olhando, assim que a senhora cair todos correm! Atentos, atentos ao campo!

A Nestoroff, entrando no semicírculo e agitando os dois punhais, começou a me olhar tão dura e fixamente que eu, atrás da minha aranha negra à espreita no tripé, senti meus olhos vacilarem e a vista escurecer. Só por milagre consegui obedecer ao comando de Bertini:

— Rodando!

E comecei, como um autômato, a rodar a manivela.

Em meio às penosas contorções daquela sua estranha dança macabra, em meio ao reluzir sinistro dos punhais, ela não tirou um minuto os olhos dos meus, que a seguiam, fascinados. Vi em seu peito arfante o suor riscar sulcos na pasta amarelada, que o cobriam. Sem se preocupar com sua nudez, ela se sacudia como uma frenética, arfava, e baixinho, com voz arquejante, sempre com os olhos nos meus, perguntava de vez em quando:

— *Bien comme çà? Bien comme çà?*[4]

Como se quisesse perguntar para mim; e os olhos eram os de uma louca. Certamente lia em meus olhos, além do espanto, uma perplexidade próxima a se transformar em terror na espera

---

[4] Está bom assim? Está bom assim?

trepidante do grito de Bertini. Quando veio o grito e ela virou a ponta dos punhais para o peito e caiu no chão, por um momento tive realmente a impressão de que se ferira, e estive para acudir também, largando a manivela, assim que Bertini, furioso, incitou os extras.

— Você aí, por Deus! Corram! Façam seu papel!... Assim... assim... chega!

Eu estava exausto; minha mão tornara-se de chumbo, continuando sozinha, mecanicamente, a rodar a manivela.

Vi Carlo Ferro, sombrio, cheio de cólera e de ternura, com uma longa manta violácea, acudir, ajudando a mulher a se levantar, envolvendo-a na manta e levando-a embora, quase carregando-a para o camarim.

Olhei na maquineta e encontrei na garganta uma curiosa voz sonolenta para anunciar ao Bertini:

— Vinte e dois metros.

II

Hoje estávamos esperando debaixo do pergolado do refeitório que chegasse uma certa "senhorita de boa família", recomendada por Bertini, que devia fazer um papelzinho num filme que ficara incompleto e que agora queriam terminar.

Havia mais de uma hora, um rapaz tinha sido mandado de bicicleta à casa dessa senhorita, e ainda não se via ninguém, nem o rapaz voltara.

Polacco estava sentado comigo numa mesa, a Nestoroff e Carlo Ferro sentavam-se em outra. Todos os quatro, junto com aquela forasteira, devíamos ir de automóvel para um externa no Bosque Sagrado[5].

O calor da tarde, o incômodo das inúmeras moscas do refeitório, o silêncio forçado entre nós quatro, obrigados a ficar juntos apesar da aversão declarada, além de evidente, daqueles dois por Polacco e também por mim, aumentavam aos poucos e tornavam insuportável o tédio da espera.

Obstinadamente, a Nestoroff se negava a olhar para nós. Mas com certeza sentia que eu a olhava, assim, aparentemente sem atenção, e mais de uma vez dera sinal de estar aborrecida. Carlo Ferro percebera e enrugara as sobrancelhas, olhando-a; ela então fingira diante dele estar aborrecida, não comigo, que a olhava, mas com o sol que, por entre a cobertura trançada do pergolado, machucava-lhe o rosto. Era verdade, o jogo de sombra violeta, vaga e riscada por fios de ouro do sol, era maravilhoso: ora lhe acendiam uma aleta do nariz e um pouco do lábio superior, ora o lobo da orelha e um pedaço do pescoço. Às vezes sinto-me assaltado com tanta violência pelos aspectos externos, que a nitidez precisa, evidente, das minhas percepções quase me dão medo. Aquilo que estou vendo com tão nítida percepção torna-se tão meu, que me assusta pensar por que um dado aspecto – coisa ou pessoa – possa não ser como eu gostaria. A aversão da Nestoroff naquele momento, de tão intensa lucidez perceptiva, era intolerável para mim. Por que ela não entendia que eu não era seu inimigo?

De repente, depois de ter espiado por um tempo através da paliçada, ela se levantou e a vimos ir até um coche de aluguel, este também há uma hora parado ali diante da entrada da Kosmograph, esperando sob um sol escaldante. Eu também tinha visto o coche,

---

[5] Há aqui uma referência a Hollywood, palavra que em inglês significa Bosque Sagrado.

mas as folhas da parreira me impediam de distinguir quem estava ali esperando. Esperava há tanto tempo, que eu não podia acreditar que tivesse alguém lá dentro. Polacco se levantou, eu também me levantei, e olhamos.

Uma jovem, com um vestidinho azul, de organdi, muito leve, sob um chapelão de palha enfeitado com laços de veludo preto, estava esperando naquele coche. Com uma velha cachorrinha peluda, branca e preta, no colo, olhava tímida e aflita o taxímetro do coche, que de tanto em tanto disparava e já devia mostrar um número bem alto. A Nestoroff aproximou-se dela com muita graça e a convidou a descer para escapar dos raios do sol. Não era melhor esperar debaixo do pergolado do refeitório?

— Tem muitas moscas, sabe? Mas pelo menos fica-se à sombra.

A cachorrinha peluda começara a rosnar para a Nestoroff, mostrando os dentes para defender a patroinha. Esta, enrubescendo repentinamente, talvez pelo prazer inesperado de ver aquela bela senhora se preocupar com ela com tanta graça ou talvez também irritação, que seu velho e estúpido animalzinho lhe causava, respondendo tão mal aos gentis cuidados dela, agradeceu e, confusa, aceitou o convite e desceu com a cachorrinha nos braços. Tive a impressão de que descia principalmente para reparar a má recepção da velha cachorrinha à senhora. De fato, bateu-lhe forte no focinho, gritando:

— Quieta, Piccinì!

E depois, voltando-se para a Nestoroff:

— Desculpe, ela não entende nada...

E entrou com ela sob o pergolado. Olhei a velha cachorrinha, que espiava encolhida a patroinha de cima a baixo, com olhos humanos. Parecia perguntar: — E o que você entende?

O Polacco, no entanto, adiantara-se galantemente.

— Senhorita Luisetta?

Ela voltou a enrubescer, como que suspensa num penoso espanto, por ser reconhecida por alguém que não conhecia; sorriu; disse que sim com a cabeça, e todas as fitas de veludo preto do chapelão de palha disseram que sim com ela.

Polacco voltou a perguntar:

— Papai está aqui?

Fez que sim, de novo, com a cabeça, como se entre o rubor e a confusão não encontrasse voz para responder. Por fim, com um esforço, encontrou-a, tímida:

— Entrou há algum tempo, disse que voltaria logo, porém...

Levantou os olhos para olhar para a Nestoroff e lhe sorriu, como se não tivesse gostado que aquele senhor, com suas perguntas, a tivesse distraído dela, que se mostrara tão gentil mesmo sem conhecê-la. O Polacco, então, fez as apresentações:

— Senhorita Luisetta Cavalena; senhora Nestoroff.

Depois se voltou para indicar Carlo Ferro, que logo se levantou e se inclinou rudemente.

— O ator Carlo Ferro.

Por fim, me apresentou:

— Gubbio.

Pareceu-me que entre todos eu fosse o que menos a impressionou.

Eu conhecia Cavalena, seu pai, de fama, conhecidíssimo na Kosmograph com o apelido de *Suicida*. Parece que o pobre homem era terrivelmente oprimido pela esposa ciumenta. Pelos ciúmes da esposa, dizia-se, precisou primeiro deixar o exército, como tenente médico, e não sei quantas empregos vantajosos; depois, até o exercício livre da profissão, e o jornalismo, em que achara um modo de entrar, e no final também o ensino nas escolas, ao qual recorrera por desespero, como professor de Física e História Natural. Agora, não podendo (sempre por causa da esposa) dedicar-se ao teatro, ao qual durante algum tempo acreditou ter notável aptidão, conformou-se em escrever roteiros para cinema, com muito desdém e de má vontade, para suprir às necessidades da família, pois não era o suficiente apenas o dote da esposa e o aluguel que recebia por dois quartos mobiliados. Mas, no inferno de sua casa, já habituado a ver o mundo como uma prisão, parece que, por mais que se esforçasse, não conseguia compor a trama de um filme sem que em certo momento acontecesse um suicídio. Razão pela qual até agora o Polacco sempre rejeitou seus roteiros, visto e considerando que os ingleses — absolutamente — não querem o suicídio nas películas.

— Será que veio me procurar? — perguntou o Polacco à senhorita Luisetta.

A senhorita Luisetta balbuciou, confusa:

— Não... disse... não sei... me parece Bertini...

— Ah, patife! Foi ao Bertini? Diga-me, senhorita... ele entrou sozinho?

Nova e maior confusão da senhorita Luisetta.

— Com mamãe...

O Polacco levantou as mãos, abertas, agitou-as um pouco no ar, alongando o rosto e piscando.

— Tomara que não haja problemas!

A senhorita Luisetta se esforçou para rir e repetiu:

— Tomara...

Deu-me tanta pena vê-la sorrir daquele modo, com o rostinho em chamas! Tive vontade de gritar para o Polacco:

— Pare de atormentá-la com este interrogatório! Não vê que está nervosa?

Mas o Polacco, de repente, teve uma ideia e bateu as mãos:

— E se levássemos a senhorita Luisetta? Sim, claro, estamos esperando aqui há uma hora! Sim, sim, com certeza... Cara senhorita, vamos sair desse embaraço, verá que iremos nos divertir. Em meia hora estará tudo feito... Vou avisar ao porteiro que, assim que papai e mamãe saírem, diga-lhes que a senhorita saiu comigo e com estes senhores por uma meia hora. Sou tão amigo de seu pai, que posso me permitir isso. A senhorita vai representar um pequeno papel, está contente?

A senhorita Luisetta certamente teve um grande medo de parecer tímida, atrapalhada, bobinha; quanto a vir conosco, disse, por que não?, mas que, quanto a recitar, não podia, não sabia... e depois, assim?... como!... nunca tentara... tinha vergonha... e depois...

Polacco lhe explicou que não precisava de nada: não devia abrir a boca, nem subir num palco, nem se apresentar ao público. Nada. No campo. Na frente das árvores. Sem falar.

— Vai ficar num banco ao lado deste senhor — e indicou Ferro. — Este senhor fingirá lhe falar de amor. A senhorita, naturalmente, não acredita e ri... Assim... muito bem! Ri e sacode a cabecinha despetalando uma flor. Aparece correndo um automóvel. Este senhor se levanta, enruga as sobrancelhas, olha, pressentindo uma ameaça, um perigo. A senhorita para de despetalar a flor e fica perplexa, em dúvida, perdida. Logo esta senhora — (e indicou a Nestoroff) — salta do carro, tira um revólver da manga e atira na senhorita...

A senhorita Luisetta arregalou os olhos em direção ao rosto da Nestoroff, assustada.

— De mentira! Não tenha medo! — continuou o Polacco, rindo. — O senhor desarma a senhora; enquanto isso, a senhorita cai, primeiro sobre o banco, ferida de morte; do banco escorrega para o chão — sem se machucar, por favor! — e acabou... Vamos, vamos, não

percamos mais tempo! Vamos ensaiar no local, tudo vai dar certo...
e depois a Kosmograph lhe dará um belo presentinho!

— Mas se papai...

— Vamos avisá-lo!

— E Piccinì?

— Levamos conosco, eu a segurarei... A Kosmograph também dará um belo presentinho para Piccinì... Vamos, vamos!

Subindo no automóvel (certamente ainda para não parecer tímida e bobinha), ela que não havia se importado comigo, olhou-me incerta.

Por que eu ia? O que eu representava?

Ninguém tinha falado comigo; eu tinha sido somente apresentado, como se faria com um cachorro; eu não abrira a boca; continuava mudo...

Percebi que essa minha presença muda, da qual ela não via a necessidade, mas que se impunha como misteriosamente necessária para ela, começava a perturbá-la.

Ninguém se preocupava em lhe dar explicações; eu não podia dá-las. Parecera-lhe como os outros; aliás, à primeira vista, talvez alguém mais próximo a ela do que os outros. Agora começava a sentir que, para esses outros e também para ela (confusamente), eu não era propriamente alguém. Começava a sentir que eu não era necessário, mas que minha presença ali tinha a necessidade de uma coisa, que ela ainda não compreendia, e que eu estava assim mudo por isso. Eles podiam falar — sim, todos os quatro —, porque eram pessoas, cada um representava uma pessoa, a própria; eu não, eu era uma coisa, talvez aquela coisa que estava em meu colo, embrulhada num pano preto.

No entanto, eu também tinha uma boca para falar, olhos para olhar; e esses olhos brilhavam contemplando-a; e certamente eu sentia dentro de mim...

Oh, senhorita Luisetta, se a senhorita soubesse que prazer tirava do próprio sentimento a pessoa — não necessária como tal, mas como coisa — que estava à sua frente! A senhorita pensou que — mesmo estando à sua frente como uma coisa — pudesse sentir dentro de mim? Talvez sim. Mas o que eu sentia debaixo da minha máscara de impassibilidade, a senhorita não podia certamente imaginar.

Sentimentos não necessários, senhorita Luisetta! A senhorita não sabe quais sejam e que prazer inebriante podem dar! Esta maquineta aqui lhe parece que tem necessidade de sentir? Não pode ter! Se pudesse sentir, que sentimentos seriam? Não necessários, certo. Um luxo para ela. Coisas inverossímeis... Pois bem, eu, hoje, ao lado de vocês — duas pernas, um busto e, em cima, uma maquineta — senti inverossimilmente.

A senhorita, senhorita Luisetta, estava, com todas as coisas que estavam ao seu redor, dentro do meu sentimento que se deleitava com a sua ingenuidade, com o prazer que lhe dava o vento da corrida, a visão do campo aberto, a proximidade da bela senhora. Parece-lhe estranho estar assim, com todas as coisas ao seu redor, dentro do meu sentimento?

Mas um mendigo num canto da rua também não vê a rua, e toda a gente que passa, dentro de um sentimento de piedade, que ele gostaria de despertar? A senhorita, mais sensível do que os outros, passando, sente que entra nesse sentimento e para, para fazer a caridade de uns tostões. Muitos outros não entram, e o mendigo não pensa que estejam fora de seu sentimento, que estão dentro de um sentimento próprio, no qual ele também está incluído como uma sombra molesta: o mendigo pensa que são sem piedade. O que eu era para a senhorita, em seu sentimento, senhorita Luisetta? Um homem misterioso? Sim, a senhorita tem razão. Misterioso. Se a senhorita soubesse como sinto, em certos momentos, o meu silêncio de coisa! E me deleito com o mistério que emana desse silêncio em quem é capaz de senti-lo. Gostaria de nunca falar; receber tudo e todos nesse meu silêncio, cada pranto, cada sorriso; não para fazer eco ao sorriso; eu não poderia; não para consolar o pranto; eu não saberia; mas para que todos dentro de mim encontrassem, não apenas suas dores, mas também suas alegrias, uma terna piedade que os irmanasse, ao menos por um momento.

Apreciei muito o bem que você fez, com o frescor de sua inocência tímida e sorridente, à senhora que estava sentada ao seu lado! Às vezes, quando falta chuva, as plantas ressecadas encontram refresco numa lufada de ar. E essa lufada foi a senhorita, por um momento, na secura dos sentimentos dela que estava a seu lado; secura que não conhece o refrigério das lágrimas.

Em certo momento, ela, olhando-a com uma receosa admiração, pegou sua mão e a acariciou. Quem sabe qual inveja melancólica angustiava seu coração naquele instante!

A senhorita viu como logo depois seu rosto escureceu?

Uma nuvem passou... Qual nuvem?

III

Parêntese. Sim, outro. Não falo do que me cabe fazer todos os dias; não falo das asneiras que me cabem dar de comer, todos os dias, a essa aranha negra no tripé, que nunca se sacia; não falo da asneira encarnada por esses atores, por essas atrizes, por tanta gente que por necessidade se presta a dar de comer a essa maquineta o próprio pudor, a própria dignidade, mas é preciso que eu respire de vez em quando, absolutamente, um pouco de ar para o meu supérfluo, ou morro. Interesso-me pela história dessa mulher, a Nestoroff, preencho com ela muitas das minhas noites, mas não quero me deixar levar por essa história; quero que ela, essa mulher, fique diante da maquineta, ou melhor, que eu fique diante dela como sou para ela, operador e basta. Quando meu amigo Simone Pau deixa de vir me encontrar por muitos dias na Kosmograph, vou encontrá-lo à noite em Borgo Pio, em seu albergue do Vicolo del Falco.

A razão pela qual não veio esses dias é bastante triste. Morreu o homem do violino.

No quartinho reservado a Pau no asilo, encontrei-o velando, juntamente com o velhinho seu colega, aposentado do governo pontifício, e as três professoras solteironas, amigas das irmãs de caridade. Na cama de Simone Pau, com uma compressa de gelo na cabeça, estava deitado o homem do violino, acometido há três noites por apoplexia.

— Está livre — disse-me Simone Pau, com um gesto de consolação. — Sente-se aqui, Serafino. A ciência colocou na cabeça dele aquele boné de gelo, que não serve para nada. Estamos ajudando-o na passagem em meio a serenas discussões filosóficas, em troca do presente precioso que ele nos deixa como herança: seu violino. Sente-se, sente-se aqui. Lavaram-no bem, puseram-no em ordem com os sacramentos, ungiram-no. Agora esperamos o seu fim, que não deve demorar. Você se lembra de quando ele tocou diante do tigre? Fez-lhe mal. Mas talvez tenha sido melhor assim: está livre!

Como sorria bondoso, a estas palavras, um velhinho todo barbeado, muito magro, muito limpo, com o gorro na cabeça e nas mãos a tabaqueira de osso com o retrato do Santo Padre na tampa!

— Prossiga — retomou Simone Pau, dirigindo-se ao velhinho —, prossiga, senhor Cesarino, o seu louvor às lamparinas a óleo de três bicos, por favor.

— Mas qual louvor! — exclamou o senhor Cesarino. — O senhor teima em repetir que faço um louvor! Estou dizendo que sou daquela geração e só.

— E isso não é um louvor?

— Não, estou dizendo que tudo se compensa no final. É uma ideia minha: eu via tantas coisas no escuro com aquelas lamparinas, que talvez agora não se vejam mais com a lâmpada elétrica, mas em compensação com essas lâmpadas se veem outras coisas, que eu não consigo ver, porque quatro gerações de lamparinas, quatro, caro professor, óleo, petróleo, gás e luz elétrica, em sessenta anos, eh... eh... eh... são demais, sabe? Estraga a vista e a cabeça também; a cabeça também, um pouco.

As três solteironas, que estavam calmamente com as mãos enluvadas no colo, aprovaram em silêncio, com a cabeça: sim, sim, sim.

— Luz, bela luz, não nego! Eh, eu sei — suspirou o velhinho —, me lembro que se andava nas trevas com uma lamparina na mão para não quebrar o pescoço! Mas era luz para fora... Não que nos ajudasse a ver dentro.

As três solteironas quietas, sempre com as mãos enluvadas no colo, disseram em silêncio com a cabeça: não, não, não.

O velhinho se ergueu e foi oferecer como prêmio àquelas mãos quietas e puras uma pitadinha de tabaco.

Simone Pau estendeu dois dedos.

— O senhor também? — perguntou o velhinho.

— Eu também, eu também — respondeu, um tanto irritado pela pergunta, Simone Pau. — Você também, Serafino. Pegue! Não vê que é como um ritual?

O velhinho, com a pitada entre os dedos, piscou um olho maliciosamente:

— Tabaco proibido — disse baixinho. — Vem de lá...

E com o polegar da outra mão fez, escondido, um gesto para dizer: São Pedro, Vaticano.

— Entende? — disse Simone Pau para mim, mostrando-me a sua pitada. — Livra você da Itália! Parece nada? Você cheira e não sente mais o fedor do reino!

— Ora, não diga isso... — pediu o velhinho aflito, que queria apreciar em paz os benefícios da tolerância, tolerando.

— Eu estou dizendo, não o senhor — respondeu-lhe Simone Pau. — Eu digo porque posso dizer. Se o senhor dissesse, eu pediria para não dizer em minha presença, está bem? Mas o senhor é sábio, senhor Cesarino! Continue, continue, por favor, a louvar com seu bom garbo antigo as boas lamparinas a óleo de três bicos de antigamente... Eu já vi uma, sabe? Na casa de Beethoven, em Bonn, quando viajei pela Alemanha. Nesta noite é preciso lembrar todas as boas coisas antigas em volta desse pobre violino, que se despedaçou diante de um piano automático. Confesso que aqui dentro, neste momento, vejo mal o meu amigo. Sim, você, Serafino. Meu amigo, senhores — apresento-lhes: Serafino Gubbio — é operador: roda, desgraçado, uma maquineta cinematográfica.

— Ah! — fez o velhinho, com prazer.

E as três solteironas me olharam admiradas.

— Está vendo? — disse-me Simone Pau. — Você estraga tudo aqui. Aposto que o senhor agora, senhor Cesarino, e vocês também, senhoritas, querem muito saber de meu amigo como ele roda a maquineta e como se faz um filme. Por caridade!

E com a mão indicou o moribundo, que roncava em coma profundo, sob a compressa de gelo.

— Você sabe que eu... — tentei dizer, baixinho.

— Eu sei! — interrompeu-me. — Você não está na sua profissão, mas isso não quer dizer, meu caro, que a sua profissão não esteja em você! Tire das cabeças destes senhores meus colegas que eu não sou professor. Sou professor para eles: um pouco esquisito, mas professor! Nós podemos muito bem não nos encontrar no que fazemos, mas o que fazemos, meu caro, é algo que nos envolve, até nos dá uma forma e nos aprisiona nela. Você quer se rebelar? Não pode. Antes de mais nada, não somos livres para fazer o que queremos: o tempo, o costume dos outros, a sorte, as condições da existência e tantas outras razões fora e dentro de nós, muitas vezes nos obrigam a fazer o que não queremos; além disso, o espírito não existe sem a carne, e a carne, que é difícil de controlar, quer a sua parte. E para que serve a inteligência, se não se compadece da besta que existe em nós? Não digo desculpá-la. A inteligência que desculpa a besta também se bestializa. Mas ter piedade é outra coisa! Já disse Jesus, estou certo, senhor Cesarino? De modo que você é prisioneiro daquilo que fez, da forma que lhe deu aquilo que você fez. Deveres, responsabilidades, uma série de consequências, espirais, tentáculos que nos envolvem e não nos deixam mais respirar. Não fazer nada ou o mínimo possível, como eu, para ficar o mais livre possível? Sim! A própria vida é um feito! Depois que seu pai o colocou no mundo, meu caro, está feito. Você não se livra mais até morrer. E mesmo depois de morto, aqui está o senhor Cesarino dizendo que não, não é verdade? Não se livra mais, não é verdade? Nem depois de morto. Não se preocupe, meu caro. Você vai rodar a maquineta de lá também! Sim, sim, não por ser, pois você não tem culpa, mas pelos feitos e como consequência dos feitos você deve responder, não é verdade, senhor Cesarino?

— É verdade, mas não é pecado, professor, rodar uma maquineta de cinema — observou o senhor Cesarino.

— Não é pecado? Pergunte a ele! — disse Pau.

O velhinho e as três solteironas olharam-me espantados e aflitos para que eu aprovasse com a cabeça, sorrindo, a opinião de Simone Pau.

Eu sorria porque me imaginava diante do Deus Criador, diante dos anjos e das almas santas do paraíso, atrás da minha grande aranha negra no tripé de pernas retráteis, condenado a rodar a manivela, até lá em cima, depois de morto.

— Eh, certo, — suspirou o velhinho, — quando o cinema mostra certas indecências, certas bobagens...

As três solteironas, de olhos baixos, fizeram com as mãos um gesto de repugnância.

— Mas o senhor não é o responsável — acrescentou logo o senhor Cesarino, gentil e sempre bondoso.

Ouviu-se pelas escadas um bater de panos pesados e de grandes contas de um rosário com crucifixo pendurado. Surgiu sob as amplas asas brancas do toucado uma irmã de caridade. Quem a chamara? O fato é que, assim que ela apareceu à porta, o agonizante parou de estertorar. E ela estava pronta para cumprir sua última tarefa. Tirou-lhe da cabeça a compressa de gelo; virou-se para nos olhar, muda, com um simples, rapidíssimo gesto dos olhos ao céu; depois, inclinou-se para compor o cadáver no leito e se ajoelhou. As três solteironas e o senhor Cesarino seguiram seu exemplo. Simone Pau me chamou para fora do quartinho.

— Conte — ordenou-me, começando a descer as escadas, mostrando os degraus. — Um, dois, três, quatro, cinco, seis, sete, oito e nove degraus de uma escada, desta escada que dá nesse corredor escuro... Mãos que os entalharam e os dispuseram aqui em arco...

Mortas. Mãos que levantaram este casarão... Mortas. Como outras mãos que levantaram tantas outras casas desta cidade... Roma; o que acha dela? Grande... Pense esta pequena terra nos céus... Está vendo? O que é?... Um homem morreu... eu, você... não importa: um homem... E cinco pessoas, ali, estão ajoelhadas ao seu redor rezando para alguém, alguma coisa, que acreditam estar fora e acima de tudo e de todos, e não neles mesmos, um sentimento deles que se livra do julgamento e invoca a mesma piedade que esperam para eles, e com isso têm conforto e paz. Pois bem, é preciso fazer assim. Eu e você, que não podemos fazê-lo, somos dois tolos. Porque, dizendo essas bobagens que estou dizendo, estamos fazendo o mesmo, em pé, desconfortáveis, com a desvantagem de não termos conforto nem paz. E tolos como nós são todos os que procuram Deus dentro de si e o desprezam fora, isto é, que não sabem ver o valor dos gestos, de todos os gestos, até os mais mesquinhos, que o homem faz desde que o mundo é mundo, sempre os mesmos, por mais que pareçam diferentes. Diferentes? Diferentes porque atribuímos a eles um outro valor que, de alguma forma, é arbitrário. Decerto não sabemos nada. E não há nada para além do que, de alguma forma, se representa fora, em gestos. O dentro é tormento e aborrecimento. Vá, vá rodar a maquineta, Serafino! Você acha que a sua profissão é invejável! E pense que são mais estúpidos do que outros os gestos que fazem à sua frente, para serem registrados com a sua maquineta. Todos são estúpidos da mesma maneira, sempre: a vida é toda uma estupidez, sempre, porque nunca tem conclusão e nem pode ter. Vá, meu caro, vá rodar a sua maquineta e deixe-me ir dormir com a sabedoria que, dormindo sempre, demonstram os cães. Boa noite.

 Saí do asilo reconfortado. A filosofia é como a religião: conforta sempre, mesmo quando é desesperada, porque surge da necessidade de superar um tormento, e mesmo quando não o superamos, colocar esse tormento à nossa frente já é um alívio porque, ao menos por um instante, não o sentimos mais dentro. O conforto das palavras de Simone Pau, porém, tinha-me vindo principalmente no que se referia à minha profissão.

Invejável, talvez sim, mas se fosse aplicada somente a registrar, sem qualquer estúpida invenção ou construção imaginária de cenas e de fatos, a vida, assim como acontece, sem escolhas e sem nenhum propósito; os gestos da vida como são feitos impensadamente quando se vive e não se sabe que uma maquineta escondida os esteja surpreendendo. Quem sabe como pareceriam engraçados! Principalmente para nós mesmos. Não nos reconheceríamos de início; exclamaríamos estupefatos, envergonhados, ofendidos: — Mas como? Eu, assim? Eu, isto? Caminho assim? Rio assim? Eu, este gesto? Eu, este rosto? — Eh, não, meu caro, não você: a sua pressa, a sua vontade de fazer isto ou aquilo, a sua impaciência, a sua ansiedade, a sua ira, a sua alegria, a sua dor... Como você que as têm dentro pode saber como todas essas coisas se representam fora! Quem vive, quando vive, não se vê: vive... Ver como se vive seria um espetáculo bem engraçado!

Ah, se minha profissão fosse destinada só a isso! Só ao intento de mostrar aos homens o engraçado espetáculo de seus gestos impensados, a visão imediata de suas paixões, de sua vida assim como é. Desta vida, sem descanso, que não tem conclusão.

IV

— Senhor Gubbio, desculpe. Quero lhe dizer uma coisa.

Já estava escuro: eu andava depressa sob os grandes plátanos da alameda. Sabia que ele — Carlo Ferro — vinha atrás de mim, ofegante, para me ultrapassar e depois talvez se voltar, fingindo lembrar-se de repente que tinha algo a me dizer. Eu queria tirar-lhe o prazer desse fingimento, e acelerava cada vez mais o passo, esperando que — afinal cansado — se desse por vencido e me chamasse. De fato... Voltei-me como se estivesse surpreso. Ele me alcançou e com mal dissimulado despeito me perguntou:

— Posso?

— Diga.

— Vai para casa?

— Sim.

— Mora longe?

— Bastante.

— Quero lhe dizer uma coisa — repetiu, e parou, olhando-me com um brilho sinistro nos olhos. — O senhor deve saber que, graças a Deus, posso cuspir no contrato que tenho com a Kosmograph. Outro como esse, melhor do que esse, encontro logo, quando quiser, em qualquer lugar, para mim e para minha senhora. Sabe ou não?

Sorri e dei de ombros:

— Posso acreditar, se lhe agrada.

— Pode acreditar, porque é assim! — rebateu forte, com tom de provocação e desafio.

Voltei a sorrir e disse:

— Então é assim, mas não vejo a razão de vir dizer isso a mim, e com este tom.

— É porque eu fico — continuou —, caro senhor, na Kosmograph.

— Fica? Veja: eu nem sabia que quisesse ir embora.

— Outros queriam assim — respondeu Carlo Ferro, acentuando *outros* com a voz — Mas estou lhe dizendo que fico: entendeu?

— Entendi.

— E fico, não porque me importe com o contrato, que não me importa coisa nenhuma, mas porque eu nunca fugi diante de ninguém!

Dizendo isso, pegou meu casaco no peito, com dois dedos, e o sacudiu um pouco.

— Posso? — disse eu, por minha vez, com calma, afastando aquela mão; tirei do bolso a caixa de fósforos e acendi um para o cigarro que já tinha tirado do maço e estava na minha boca; dei duas tragadas, fiquei ainda um pouco com o fósforo aceso na mão, para lhe mostrar que suas palavras em tom ameaçador, seu gesto agressivo, não me causavam a mínima perturbação; depois, respondi baixinho: — Posso até ter entendido a que o senhor quer se referir, mas, repito, não entendo porque vem dizer essas coisas justamente para mim.

— Não é verdade! — gritou Carlo Ferro. — O senhor finge não entender!

Pacatamente, mas com voz firme, respondi:

— Não vejo razão para isso. Se o senhor, caro senhor, quer me provocar, está errado; não só porque é sem motivo, mas também porque, exatamente como o senhor, eu não costumo fugir diante de ninguém.

— Como não? — disse com um sorriso zombeteiro. — Precisei correr tanto para alcançá-lo!

— Oh, veja só! Achou mesmo que eu estava fugindo? Engana--se, caro senhor, e já lhe dou a prova. Talvez o senhor suspeite que eu tenha tido parte na próxima vinda de alguém que lhe faz sombra?

— Nenhuma sombra!

— Tanto melhor. Por essa suspeita, acreditou que eu estava fugindo?

— Sei que o senhor foi amigo de um certo pintor que se matou em Nápoles.

— Sim. E daí?

— Daí, que o senhor se envolveu nesse caso...

— Eu? De jeito nenhum! Quem lhe disse? Sei tanto quanto o senhor, talvez menos do que o senhor.

— Mas conhece esse senhor Nuti!

— De jeito nenhum! Há muitos anos, quando jovem, o vi uma ou duas vezes, não mais. Nunca falei com ele.

— De modo que...

— De modo que, caro senhor, não conhecendo esse senhor Nuti, e aborrecido por vê-lo me olhando mal há alguns dias pela suspeita de que tenha me envolvido ou queira me envolver nesse caso, há pouco, não querendo que o senhor me alcançasse e acelerei o passo. Está explicada "a minha fuga". Contente?

Com súbita mudança, Carlo Ferro me estendeu a mão, comovido:

— Posso ter a honra e o prazer de ser seu amigo?

Apertei-lhe a mão e respondi:

— O senhor sabe que, diante do senhor, sou pouca coisa, que a honra será minha.

Carlo Ferro sacudiu-se como um urso:

— Não diga isso! Não diga isso! O senhor é alguém que cuida da sua vida, diferentemente dos outros; sabe, vê e não fala... Que mundo é este, senhor Gubbio, que mundo é este! Que nojo! Todos parecem... nem sei! Mas por que se deve ser assim? Mascarados! Mascarados! Mascarados! Diga-me! Por que, assim que estamos juntos, um diante do outro, todos nos tornamos palhaços? Desculpe, não, eu também, eu também, também coloco a máscara, todos! Mascarados! Este, um ar assim; aquele, um ar assado... E por dentro somos diferentes! Temos o coração, dentro, como... como uma criança encolhida num canto, magoada, que chora e se envergonha! Sim, senhor, creia: o coração se envergonha! Eu anseio, anseio, senhor Gubbio, por um pouco de sinceridade... por ser com os outros como sou muitas vezes comigo mesmo, dentro de mim; uma criança, juro, uma criancinha que choraminga porque sua santa mãezinha, ralhando com ela, disse que não gosta mais dela! Eu sempre, sempre, quando me sinto enfurecer, penso na minha velhinha, lá na Sicília, sabe? Mas ai de mim se começo a chorar! O que para meus olhos são lágrimas, se alguém não as entende e crê que sejam medo, podem logo se tornar sangue nas minhas mãos; eu sei, e por isso tenho muito medo, quando sinto o sangue me vir aos olhos! Meus dedos, veja, ficam assim!

Na escuridão da grande alameda deserta, vi surgir diante de meus olhos duas mãozorras poderosas, ferozmente cerradas.

Dissimulando com muito esforço a perturbação que essa inesperada efusão de sinceridade me suscitava, para não exacerbar a dor secreta que sem dúvida ele sentia e que, certamente a contragosto, encontrara naquela efusão um alívio do qual já se arrependia, contive a voz até me sentir capaz de falar de modo que ele, mesmo entendendo a minha simpatia pela sua sinceridade, fosse mais levado a pensar do que a sentir, e disse:

— Tem razão, é exatamente assim, senhor Ferro! Mas inevitavelmente, veja, nós nos construímos, vivendo em sociedade... Sim, a sociedade por si mesma não é mais o mundo natural. É mundo construído, até materialmente! A natureza não tem outra casa que não seja a toca ou a gruta.

— Refere-se a mim?

— Como, ao senhor? Não.

— Sou da toca ou da gruta?

— Claro que não! Eu queria lhe explicar porque, a meu modo de ver, mente-se inevitavelmente. Estou dizendo que, enquanto a natureza não conhece outra casa que não seja a toca ou a gruta, a sociedade constrói as casas, e o homem, quando sai de uma casa construída, onde já não vive mais naturalmente, entrando em relação com seus semelhantes, também se constrói, mostra-se não como é, mas como acredita que deve ser ou que pode ser, isto é, numa construção adequada às relações que cada um acredita poder ter com o outro. Ou seja, no fundo, dentro dessas nossas construções, colocadas frente a frente, ficam bem escondidos, atrás de persianas e cortinas, os nossos pensamentos mais íntimos, os nossos sentimentos secretos. Mas, de vez em quando, nos sentimos sufocar, vence-nos a necessidade prepotente de escancarar persianas e cortinas e gritar para fora, no rosto de todos, os nossos pensamentos, os nossos sentimentos por tanto tempo mantidos escondidos e secretos.

— Sim... sim... sim... — aprovou várias vezes Carlo Ferro, novamente sombrio. — Mas também há quem se esconda, e fique à espreita atrás dessas construções de que fala o senhor, como um covarde bandido numa curva da estrada, para atacar pelas costas, para agredir à traição. Eu conheço um desses, na Kosmograph, e o senhor também o conhece.

Seguramente referia-se ao Polacco. Compreendi logo que ele, naquele momento, não conseguia pensar: sentia demais.

— Senhor Gubbio — retomou resolutamente —, vejo que o senhor é um homem, e sinto que com o senhor posso falar abertamente. Fale com esse senhor construído, que nós dois conhecemos, diga o que vou dizer. Eu não posso falar com ele, conheço a minha natureza: se começo a falar com ele, sei como começo, não sei onde vou parar. Porque eu não suporto pensamentos encobertos, e todos aqueles que agem encobertamente, que se constroem como diz o senhor. Para mim são serpentes, que eu esmagaria a cabeça, veja, assim... assim...

E bateu duas vezes o calcanhar no chão, com raiva. Então retomou:

— O que eu lhe fiz? O que lhe fez minha senhora para que ele, com tanta fúria, nos persiga às escondidas? Não se negue, por favor... por favor... o senhor deve ser sincero comigo!... Não quer?

— Mas...

— Vê que falo sinceramente? Portanto, lhe imploro! Veja: foi ele, sabendo que eu, por birra, nunca me recusaria, foi ele que me indicou ao senhor comendador Borgalli para matar o tigre... Chegou a esse ponto, entende? Até a perfídia de me pegar por birra para se livrar de mim! Não concorda? Mas essa é a ideia! A intenção é essa, essa: estou dizendo e o senhor precisa acreditar! Porque não precisa ter coragem, entenda, para atirar num tigre dentro de uma jaula, é preciso calma, é preciso frieza, braço firme, olho seguro. Então ele me indica! Me expõe, porque sabe que eu posso, se for o caso, ser uma fera diante de um homem, mas como homem diante de uma fera não valho nada! Eu tenho ímpeto, não tenho calma! Vendo uma fera na minha frente, tenho o instinto de arremeter, não tenho a frieza de ficar ali parado fazendo mira para acertar onde se deve. Não sei atirar; não sei segurar o fuzil; sou capaz de jogá-lo fora, de me atrapalhar, entende? Isso ele sabe! Sabe bem! Justamente por isso quis me expor ao perigo de ser estraçalhado por aquela fera. Com qual finalidade? Veja, veja até onde vai a perfídia desse homem! Chamou o Nuti; é seu intermediário; abre-lhe caminho, tirando-me do meio! "Sim, meu caro, venha!" – deve ter lhe escrito –, "eu o ajudo! Tiro-o do seu caminho! Pode vir tranquilo!". O senhor não concorda?

Era tão agressiva e afirmativa a pergunta, que se me opusesse decididamente, eu o teria deixado ainda mais furioso. Voltei a dar de ombros e respondi:

— O que quer que eu diga? O senhor neste momento, deve reconhecer, está muito exaltado.

— Mas posso estar calmo?

— Ah, entendo...

— Parece-me que tenho razão!

— Sim, sem dúvida! Mas nesse estado, caro Ferro, também é muito fácil exagerar.

— Ah, estou exagerando? Sim, claro... porque aqueles que são frios, aqueles que pensam, quando cometem às escondidas um crime, constroem-no de modo que, se por acaso alguém descobrir, pareça exagerado. Tenho certeza! Construíram-no em silêncio com tanta perícia, devagar, com luvas, sim... para não sujar as mãos! Às escondidas, sim, exatamente, às escondidas até deles mesmos! Ah, ele nem sabe que está cometendo um crime! Não! Ficaria horrorizado se alguém o fizesse notar. "Eu, um crime? Ora vamos! Que exagero!". Mas como exagero, por Deus! Pense como eu penso! Pega-se um homem e se faz com que entre numa jaula, onde se colocará um tigre, e se diz: "Fique calmo, está bem? Faça uma boa mira e atire. Lembre--se de derrubá-lo no primeiro tiro, acertando no lugar certo, senão, mesmo ferido, ele pula em cima de você e o despedaça!". Tudo isso, eu sei, escolhendo-se um homem calmo, frio, atirador experiente, não é nada, não é crime. E se escolhendo de propósito alguém com eu? Veja, alguém como eu! Mas vá lhe dizer e ele cai das nuvens: "Mas como? O Ferro? Mas se eu o escolhi de propósito porque sei que ele é muito corajoso!". Aí está a perfídia! É aí que se aninha o perigo: em saber que sou corajoso! Em se aproveitar da minha coragem, da minha birra, entende! Ele bem sabe que ali não é preciso coragem! Finge acreditar nisso! Aí está o crime! E pergunte-lhe por que ao mesmo tempo ele trabalha às escondidas, para facilitar a entrada de um amigo que gostaria de ter de volta a mulher, a mulher que agora está justamente com aquele homem indicado por ele para entrar na jaula. Irá cair das nuvens outra vez! Como, qual a relação entre as coisas? Oh, veja só! Também esta suspeita? Que e-xa-ge-ro! — Sim, ele também disse que eu exagero... Mas pense bem; vá até o fundo; descubra o que ele mesmo não quer ver e esconde debaixo de uma tão bem feita aparência de razão; tire as luvas desse senhor, e verá que tem as mãos sujas de sangue!

Eu também pensei muitas vezes: qualquer um — por mais íntegro e honesto que se considere, pensando nas próprias ações abstratamente, isto é, fora das incidências e coincidências que lhes dão peso e valor — é capaz de cometer um crime escondido até de si mesmos, mas me espantei ao ouvir isso dito com tanta clareza e tanta eficácia dialética por alguém que até então eu considerara de mente estreita e espírito vulgar.

Apesar disso, eu estava seguríssimo de que o Polacco não agia realmente com a consciência de cometer um crime, e não favorecia o Nuti pela finalidade de que Carlo Ferro suspeitava. Mas essa finalidade também podia ser incluída sem que ele soubesse, tanto na indicação de Ferro para matar o tigre, quanto na facilitação da vinda de Nuti: atitudes só aparentemente, para ele, sem relação. Certamente, não podendo de outro modo se livrar da Nestoroff, que ela se tornasse de novo amante do Nuti, seu amigo, podia ser uma secreta aspiração dele, um desejo ainda não claro. Amante de um amigo, a Nestoroff não lhe seria mais tão inimiga, e não apenas isso, mas talvez o Nuti, conseguindo o que queria, rico como era, não permitiria mais que a Nestoroff continuasse a ser atriz, e a levaria embora.

— Mas o senhor — disse eu —, ainda tem tempo, caro Ferro, se acredita...

— Não, senhor! — interrompeu-me asperamente. — O senhor Nuti, por obra do Polacco, já comprou o direito de entrar na Kosmograph.

— Não, desculpe, estou dizendo que ainda está em tempo de recusar o papel que lhe foi designado. Conhecendo-o, ninguém acreditaria que o rejeitou por medo.

— Todos acreditariam! — gritou Carlo Ferro. — E eu em primeiro lugar! Sim, senhor... Porque posso ter coragem, e tenho, diante de um homem, mas diante de uma fera, se não tenho calma, não posso ter coragem; quem não tem calma deve ter medo. E eu terei medo, sim, senhor! Medo, não por mim, entenda bem! Medo por quem me quer bem... Pedi que fizessem seguro para minha mãe, mas se amanhã lhe derem um dinheiro manchado de sangue, minha mãe morrerá! O que quer que ela faça com o dinheiro? Veja em qual vergonha me enfiou esse impostor! Na vergonha de dizer essas coisas, que parecem sugeridas por um tremendo, e-xa-ge-ra-dís-si-mo medo! Sim, porque tudo o que faço, sinto e digo está condenado a parecer exagerado por todos! Matam-se, meu Deus, muitos animais ferozes em todas as casas cinematográficas, e nunca nenhum ator morreu, nunca ninguém se preocupou tanto com isso. Mas eu me preocupo, porque aqui, agora, sinto que zombam de mim, me sinto encurralado, indicado de propósito com a única intenção de me fazer perder a calma! Estou certo de que não acontecerá nada, que será coisa de um minuto e matarei o tigre sem qualquer perigo. Mas é a raiva pela armadilha que me prepararam, com a esperança de que me aconteça algum mal, pelo qual o senhor Nuti estará pronto, com o caminho aberto e livre. É isso, isso... me... me...

Interrompeu-se bruscamente, entrelaçou as mãos e as torceu, rangendo os dentes. Para mim foi uma revelação: senti imediatamente naquele homem toda a fúria dos ciúmes. Por isso me chamara! Por isso falara tanto! Por isso estava assim!

Então Carlo Ferro desconfia da Nestoroff. Olhei-o à luz de um dos raros lampiões da alameda: tinha o rosto distorcido, os olhos ferozes.

— Caro Ferro — disse-lhe atenciosamente —, se o senhor crê que eu possa lhe ser útil de alguma forma, por tudo o que posso...

— Obrigado! — respondeu-me com dureza. — Não... não pode... O senhor não...

Talvez fosse dizer: "Não me serve de nada!" — mas se conteve e continuou:

— Não me pode ser útil, a não ser nisso: dizer a esse senhor Polacco que comigo não se brinca, porque não sou homem de deixar tirarem-me a vida ou a mulher tão facilmente como ele acredita! Diga-lhe isso! E que se aqui acontecer alguma coisa — que certamente acontecerá —, ai dele: palavra de Carlo Ferro! Diga-lhe isso, me despeço.

Apenas acenando um cumprimento desdenhoso, apressou o passo e foi embora.

E a oferta de amizade?

Gostei muito desse imprevisto retorno ao desprezo! Carlo Ferro pode por um momento pensar que é meu amigo, mas não pode sentir amizade por mim. E certamente, amanhã, irá me odiar mais ainda, por me ter tratado como amigo esta noite.

V

Penso que me seria conveniente ter outra mente e outro coração. Quem os troca para mim?

Dada a intenção, em que vou cada vez mais me reafirmando, de permanecer um espectador impassível, esta mente e este coração me servem mal. Tenho razões para acreditar (e mais de uma vez me congratulei por isso) que a realidade que dou para os outros corresponda perfeitamente à realidade que esses outros dão a si mesmos, porque me esforço para senti-los em mim como eles se sentem em si, para querê-los para mim como eles se querem: uma realidade, portanto, completamente "desinteressada". Mas, ao mesmo tempo, vejo que, sem querer, deixo-me levar por essa realidade, que, assim como é, deveria ficar fora de mim: matéria à qual dou uma forma, não para mim, mas por si mesma; algo para contemplar.

Sem dúvida, há um engano por trás disso, um estranho engano em tudo isso. Sinto-me preso. Tanto que nem consigo sorrir; se junto ou sob uma complicação de circunstâncias ou de paixões, que aos poucos se fazem mais difíceis e fortes, vejo surgir outra circunstância ou outra paixão, que poderiam me divertir o espírito. É o caso da senhorita Luisetta Cavalena, por exemplo.

Outro dia, Polacco teve a inspiração de levar essa senhorita ao Bosque Sagrado e fazê-la representar um pequeno papel. Sei que, para incentivá-la a tomar parte em outras cenas do filme, mandou ao pai uma nota de quinhentas liras e, como prometera, o presente de uma graciosa sombrinha para ela e uma coleirinha com muitos sininhos de prata para a velha cachorrinha Piccinì.

Antes não o tivesse feito!

Ao que parece, Cavalena dera a entender à esposa que, quando ia levar seus roteiros à Kosmograph — todos com seu bravo e infalível suicídio e todos, por isso, constantemente rejeitados — não visse ninguém além de Cocò Polacco: Cocò Polacco e só. E quem sabe como lhe descrevera a Kosmograph por dentro: talvez um austero eremitério, do qual todas as mulheres fossem afastadas, como demônios. Porém, outro dia, a esposa feroz, suspeitando de algo, quis acompanhar o marido. Não sei o que ela viu, mas imagino facilmente. Fato é que esta manhã, quando eu estava para entrar na Kosmograph, vi chegar todos os quatro Cavalena num coche: marido, mulher, filha e cachorrinha. A senhorita Luisetta, pálida e agitada; Piccinì, mais do que nunca aborrecida; Cavalena, com a costumeira cara de limão mofado, no meio dos cachos da peruca debaixo do chapelão de abas largas; a esposa, como um tufão mal contido, com o chapeuzinho que caíra de lado ao descer do coche.

Debaixo do braço, Cavalena tinha o longo pacote da sombrinha presenteada à filha pelo Polacco e na mão, a caixa da coleirinha de Piccinì. Vinha devolvê-los. A senhorita Luisetta logo me reconheceu. Apressei-me em me aproximar para cumprimentá-la; ela quis me apresentar à mãe e ao pai, mas não se lembrava mais do meu nome. Para tirá-la do embaraço, eu mesmo me apresentei.

— Operador, aquele que roda, sabe, Nene? — explicou logo, com tímida urgência, Cavalena à esposa, sorrindo, como que para implorar um pouco de condescendência.

Deus, que cara a da senhora Nene! Cara de velha boneca desbotada. Um capacete compacto de cabelos já quase todos grisalhos lhe pressiona a testa baixa e dura, em que as sobrancelhas juntas, curtas, espessas e retas, parecem uma barra fortemente marcada para dar um caráter de estúpida tenacidade aos olhos claros e brilhantes de uma rigidez de vidro. Parece apática, mas, olhando-a atentamente, percebe-se à flor da pele alguns estranhos formigamentos nervosos, algumas repentinas alterações de cor, em nódoas que logo desaparecem. De vez em quando também faz uns rápidos gestos inesperados, curiosíssimos. Surpreendi-a, por exemplo, em certo momento, respondendo a um olhar suplicante da filha, fazendo um

"O" com a boca e colocando o dedo no meio. Evidentemente, este gesto significava:

— Tola! Por que você me olha assim?

Mas o marido e a filha ficam olhando-a sempre, pelo menos de soslaio, perplexos e ansiosos no medo de que a qualquer momento ela dê um escândalo. E certamente a irritam mais olhando-a assim. Imaginem a vida desses coitadinhos!

O Polacco me deu algumas informações. Talvez aquela mulher nunca tenha pensado em ser mãe! Encontrou aquele homem que, depois de tantos anos em suas garras, não podia estar pior; não importa: ela o defende; continua a defendê-lo ferozmente. O Polacco me disse que, tomada pela fúria dos ciúmes, perde qualquer recato de pudor; e, diante de todos, sem nem se preocupar com a filha que ouve e vê, espanca nuas (nuas, como em suas fúrias as vê diante dos olhos) as pretensas culpas do marido: culpas inverossímeis. Certamente, em meio a essa sórdida falta de controle, a senhorita Luisetta não pode deixar de ver o pai como ridículo, o que também, como se nota pelos olhares que dirige a ele, deve lhe causar muita pena! Ridículo pelo modo como, desnudado, espancado, o pobre homem tenta cobrir apressadamente, o melhor possível, sua dignidade despedaçada. Cocò Polacco me falou de algumas frases que, atônito pelos selvagens ataques imprevistos, ele dirige à esposa nesses momentos. Não se pode imaginar frases mais bobas, mais ingênuas, mais pueris! E só por isso creio que Cocò Polacco não as tenha inventado.

— Nene, por caridade, já fiz quarenta e cinco anos...

— Nene, eu fui do Exército...

— Nene, santo Deus, quando alguém foi do Exército e dá a sua palavra de honra...

Mas também, de vez em quando — oh, afinal a paciência tem limite! — machucado com refinada crueldade nos mais delicados sentimentos, barbaramente fustigado onde mais dói a ferida – de vez em quando parece que Cavalena saia de casa, fuja da prisão. Como um louco, de um momento a outro, vê-se no meio da rua sem um tostão no bolso, mas mesmo assim decidido a retomar "a sua vida", vai aqui e ali à procura dos amigos, e os amigos, de início, recebem-no festivamente nos cafés, nas redações dos jornais, porque zombam dele, mas a festa logo esfria, assim que ele manifesta a necessidade urgente de encontrar de novo um lugar no meio deles, de se arranjar para sobreviver, de algum modo, o mais rápido possível. Sim! Porque não pode nem pagar o café, algo para comer, o alojamento num hotel para a noite. Quem lhe empresta, pelo momento, umas vinte liras? Apela aos jornalistas, pelo espírito do antigo coleguismo. Amanhã trará um artigo ao seu antigo jornal. O que? Sim, de literatura ou de curiosidade científica. Tem tantas matérias acumuladas dentro... coisas novas, sim... Por exemplo? Oh, Deus, por exemplo, esta...

Nem termina de falar e todos aqueles bons amigos começam a rir da cara dele. Coisas novas? Na arca, Noé contava para seus filhos, para enganar o tédio da navegação sobre as ondas do dilúvio universal...

Ah, também conheço bem esses bons amigos do café! Todos falam assim, com um estilo burlesco forçado, cada um provoca nos outros exageros verbais e toma coragem para dizer exageros maiores, mas que não passem das medidas, não saiam do tom, para não serem recebidos com uma vaia geral; zombam uns dos outros, despedaçam suas vaidades mais caras, jogam-nas na cara com alegre ferocidade, e ninguém aparentemente se ofende; mas a irritação se acende por dentro, a bile fermenta; o esforço para ainda manter a conversa nesse tom burlesco, que suscita os risos, para que nos risos comuns a injúria se dilua e perca o fel, torna-se aos poucos mais penoso e difícil; depois, pelo longo esforço, fica em todos um cansaço de tédio e de náusea; todos sentem com ácido pesar ter violentado os próprios pensamentos, os próprios sentimentos; mais do que remorso, aborrecimento pela sinceridade ofendida; mal-estar interno, como se o espírito inflado e lívido não possa mais aderir ao seu íntimo ser; e todos suspiram para expulsar de sua volta o sufocante calor do próprio desgosto; mas, no dia seguinte, todos recaem nesse calor e se esquentam de novo, tristes cigarras, condenadas a ceifar frenéticas o seu tédio.

Ai de quem chega novo, ou depois de algum tempo, no meio deles! Mas Cavalena talvez não se ofenda, não se lamente do suplício que seus bons amigos lhe causam, atormentado como está por reconhecer que perdeu em sua reclusão "o contato com a vida". De sua última fuga da prisão, passaram-se, digamos, dezoito meses? Mas é como se fossem dezoito séculos! Todos, ao ouvi-lo dizer certas expressões, vivas na época, que ele guardou como pedras preciosas no cofre da memória, torcem a boca e o olham como se olha no restaurante um prato requentado, que cheire a gordura rançosa a uma milha de distância! Oh, pobre Cavalena, ouçam-no! Ouçam-no! Ainda admira aquele que, há dezoito meses, era o maior homem do século XX. Mas quem era? Ah, veja... O Tal dos Tais... aquele imbecil! Aquele chato! Aquela múmia! Mas como, ainda está vivo? Ah, não! Vivo mesmo? Sim, senhores, Cavalena jura tê-lo visto, ainda vivo, há uma semana; inclusive, sim... acha que... – (não por estar vivo, pois está vivo) – se não é mais um grande homem... sim, devia fazer um artigo sobre ele... mas não o fará!

Humilhado, com o rosto verde de bile, mas aqui e ali enodoado, como se os amigos, humilhando-o, tivessem se divertido beliscando-o na testa, nas bochechas, no nariz, Cavalena devora por dentro, como um canibal em jejum há três dias, a esposa que fez dele, assim, o escárnio de todos. Jura para si mesmo que não cairá de novo nas garras dela, mas aos poucos a ansiedade de retomar "a vida" começa a se transformar numa inquietação que de início não sabe definir, mas que aumenta dentro dele cada vez mais. Há muitos anos, usa todas as faculdades mentais para defender sua dignidade contra as injustas suspeitas da esposa. Agora essas faculdades, desviadas repentinamente dessa assídua, obstinada defesa, não são mais adequadas, esforçam-se para se voltar e se dedicar a outros ofícios. Mas a dignidade, há tanto tempo e valentemente defendida, já se estabeleceu sobre ele, como o molde de uma estátua, irremovível. Cavalena sente-se vazio por dentro, mas com uma crosta por fora. Tornou-se o molde ambulante dessa estátua. Não consegue mais tirá-lo de cima. Para sempre, inexoravelmente, ele é o homem mais digno do mundo. Esta sua dignidade tem uma sensibilidade tão refinada, que se anuvia, se turva ao menor sinal de uma mínima transgressão dos deveres de cidadão, de marido, de pai de família. Tantas vezes jurou à esposa não ter faltado, nunca, nem com o pensamento, a esses deveres, que realmente já não pode mais nem pensar em transgredi-los, e sofre, e muda de cor ao ver os outros, tão levianamente, transgredi-los. Os amigos debocham dele e o chamam de hipócrita. Lá, no meio deles, incrustado, entre o fracasso e a impetuosa volubilidade de uma vida sem mais reservas, nem de fé, nem de afetos, Cavalena se sente violentado, começa a acreditar que está em sério perigo; tem a impressão de ter pés de vidro em meio a um tumulto de loucos que se pisoteiam com sapatos de ferro. A vida imaginada na reclusão como cheia de atrativos e indispensável a ele se demonstra sempre vazia, estúpida, insossa. Como pôde sofrer tanto pela privação da companhia daqueles amigos? do espetáculo de tantas futilidades, de tantas miseráveis desordens?

Pobre Cavalena! Talvez a verdade seja outra! A verdade é que em sua espinhosa reclusão, sem querer, ele infelizmente se habituou a conversar consigo mesmo, isto é, com o pior inimigo que podemos ter; e, assim, teve a nítida percepção da inutilidade de tudo, e viu-se tão perdido, tão sozinho, rodeado pelas trevas e esmagado pelo próprio mistério e de todas as coisas... Ilusões? Esperanças? Para que servem? Vaidade... E o seu ser, prostrado, anulado para si, aos poucos ressurgiu como piedosa consciência dos outros, que não sabem e se iludem, que não sabem e trabalham, amam e sofrem. Que culpa tem a esposa, aquela sua pobre Nene, se é tão ciumenta? Ele é médico e sabe que esses ciúmes ferozes são uma autêntica doença mental, uma forma de loucura racional. Típica, típica forma de paranoia, até com delírios de perseguição. Diz isso a todos. Típica, típica! A sua pobre Nene chega até a suspeitar que ele queira matá-la para se apropriar, junto com a filha, do dinheiro dela! Ah, que vida boa tinha sem ela... Liberdade, liberdade, uma perna aqui, uma perna lá! A pobre Nene diz isso porque ela mesma percebe que a vida, assim como ela faz para si mesma e para os outros, não é possível; é a supressão da vida; suprime-se sozinha, pobre Nene, com sua loucura, e crê naturalmente que queiram suprimi-la os outros: com faca não, pois seriam descobertos! À força de provocações! E não percebe que as provocações é ela quem se faz, sozinha; faz com que sejam feitas por todas as sombras de sua loucura, à qual dá corpo. Mas ele não é médico? E se ele, como médico, entende tudo isso, não deveria tratar a sua pobre Nene como uma enferma, não responsável pelo mal que lhe fez e continua a fazer? Por que se rebela? Contra quem se rebela? Ele deve ter compaixão e piedade dela, ficar amoroso ao seu lado, suportar paciente e resignado seus inevitáveis maus-tratos. Além disso, há a pobre Luisetta, deixada sozinha naquele inferno, a sós com a mãe que não raciocina... Ah, vamos, vamos, é preciso voltar para casa logo! Talvez, bem no fundo, mascarada de piedade pela esposa e a filha, haja a necessidade de fugir dessa vida precária e incerta, que não é mais para ele. De resto, ele também não tem o direito de ter piedade de si mesmo? Quem o deixou nessas condições? Ele pode, nessa idade, retomar a vida, depois de ter cortado todos os fios, depois de ter se privado de todos os recursos, para contentar a esposa? E, no fim das contas, vai se fechar na prisão!

Tem tão marcada, o pobre homem, em todo o seu semblante, a grande desgraça que o oprime, deixa-a tão visível no embaraço de cada passo, de cada olhar, quando está ao lado da esposa, pela constante consternação de que ela, nesse passo, nesse gesto, nesse olhar não encontre pretexto para uma cena, que não pode deixar, mesmo compadecendo-se, de rir dele mesmo.

Talvez eu também tivesse rido, esta manhã, se a senhorita Luisetta não estivesse ali. Quem sabe o quanto sofre essa pobre menina, com o comportamento ridículo do pai!

Um homem de quarenta e cinco anos, reduzido a esse estado, em que a esposa ainda é ferozmente ciumenta, só pode ser enormemente ridículo! Ainda por cima, por outra desgraça oculta, uma obscena calvície precoce, devido a uma infecção tifóide, de que se salvou por milagre, o pobre homem é obrigado a usar aquela peruca artística debaixo do chapelão capaz de segurá-la. A desonra desse chapelão e de todos aqueles cachos ondulados, contrasta tão violentamente com o ar assustado, carrancudo e circunspecto do rosto, que é realmente uma ruína para sua seriedade, e também, claro, um contínuo desgosto para a filha.

— Não, veja, caro senhor... como disse, desculpe?
— Gubbio.
— Gubbio, obrigado. Eu, Cavalena, para servi-lo.
— Cavalena, obrigado, eu sei.
— Fabrizio Cavalena, em Roma sou bastante conhecido...
— É lógico, um palhaço!

Cavalena voltou-se palidíssimo, de boca aberta, para olhar a esposa.

— Palhaço, palhaço, palhaço —, reafirmou ela, três vezes.

— Nene por favor, respeite... — começou ameaçadoramente Cavalena, mas de repente se interrompeu: entrecerrou os olhos, contraiu o rosto, fechou os punhos, como que atacado por um forte espasmo do ventre, imprevisto... — nada! Era o tremendo esforço que todas as vezes precisava fazer para se conter, para tirar de sua bestialidade encolerizada a consciência de ser médico e, por isso, precisar tratar e se compadecer da esposa como uma pobre enferma.

— Permite?

E me deu o braço, para se afastar alguns passos comigo.

— Típica, sabe? Pobrezinha... Ah, é preciso um verdadeiro heroísmo, creia, um grande heroísmo de minha parte para suportá-la. Talvez eu não o tivesse, se não fosse essa minha pequena. Basta! Eu estava dizendo... esse Polacco, esse Polacco, bendito Deus... esse Polacco! Desculpe, mas isso é coisa que se faça a um amigo, conhecendo a minha desgraça? Leva minha filha para atuar... com uma mulherzinha... com um ator que, notoriamente... Imagine o que aconteceu na minha casa! E depois me manda estes presentes... até uma coleira para a cachorrinha... e quinhentas liras!

Tentei lhe mostrar que, pelo menos quanto aos presentes e às quinhentas liras, não me parecia que houvesse todo o mal que ele queria ver. Ele? Mas ele não via nenhum mal! Qual mal? Ele estava contentíssimo, felicíssimo com o que acontecera! Gratíssimo de coração pelo Polacco ter feito sua filha representar aquele papelzinho! Precisava se fingir tão indignado para aplacar a esposa. Logo percebi, assim que comecei a falar. Exultava com a demonstração que eu lhe fazia, que no fundo não havia nenhum mal. Pegou-me pelo braço e me arrastou impetuosamente até a esposa.

— Ouviu? Ouviu?... eu não sei!... este senhor diz... Por favor, diga, diga o senhor... Não quero discutir... Vim aqui com os presentes e as quinhentas liras, está bem? Para devolver tudo. Mas tratando-se de, como diz este senhor... eu não sei... fazer uma ofensa gratuita... responder com uma grosseria a quem não quis minimamente nos ofender, nos fazer mal, porque acha... eu não sei, eu não sei... que não haja... Por favor, santo Deus, fale, caro senhor... repita à minha senhora o que teve a bondade de me dizer!

Mas a sua senhora não me deu tempo: agrediu-me, com os olhos vidrados, fosforescentes, de gata enlouquecida.

— Não dê ouvidos a esse palhaço, hipócrita, comediante! Não é pela filha, não é pela má figura! Ele, ele quer circular por aqui, porque aqui estaria como no seu jardinzinho, entre as mocinhas que ele gosta, artistas como ele, faceiras e condescendentes! E não tem escrúpulos, nem vergonha, de colocar a filha na frente, de se esconder atrás da filha, mesmo a custo de comprometê-la e perdê--la, assassino! Teria a desculpa de acompanhar a filha aqui, entende? Viria pela filha...

— Mas você também viria! — gritou, exasperado, Fabrizio Cavalena. — Você não está aqui comigo?

— Eu? — rugiu a esposa. — Eu, aqui?

— Por quê? — continuou sem se espantar Cavalena; e, dirigindo--se a mim: — Diga, diga o senhor, Zeme também não vem aqui?

— Zeme? — perguntou a esposa atônita, enrugando as sobrancelhas. — Quem é Zeme?

— Zeme, o senador! — exclamou Cavalena. — Senador do Reino, cientista de fama mundial!

— Deve ser mais palhaço do que você!

— O Zeme que vai ao Quirinale? Convidado a todos os almoços da Corte? O venerando senador Zeme, glória da Itália! Diretor do

Observatório Astronômico! Por Deus, envergonhe-se! Respeite, senão a mim, uma eminência da Pátria! Veio aqui, não é? Mas fale, caro senhor, diga por caridade, lhe peço! Zeme veio aqui, também se prestou a fazer um filme, não é? *As maravilhas do céu*, entende? Ele, o senador Zeme! E se Zeme vem aqui, se Zeme, cientista mundial, se presta a fazer um filme, quero dizer... eu também posso vir, também posso me prestar... Mas não importa! Não virei mais! Só estou falando para mostrar a ela que este não é um lugar de infâmia, que, por fins escusos, queira levar minha filha à perdição! O senhor vai entender, meu caro, e vai perdoar: falo por isso! Me consome ouvir dizer, diante da minha filha, que eu queira comprometê-la, perdê-la, levando-a a um lugar de infâmia... Vamos, vamos, faça-me o favor: leve-me logo até o Polacco, para que eu possa agradecer e devolver estes presentes e o dinheiro. Quando alguém tem a desgraça de ter uma esposa como esta, deve se enterrar para acabar com tudo de uma vez por todas! Leve-me ao Polacco!

Desta vez também sobrou para mim, pois, abrindo descuidadamente, sem bater, a porta da Direção Artística, onde estava o Polacco, vi algo que repentinamente mudou a minha disposição de espírito e não me deixou mais pensar em Cavalena e nem ver mais nada.

Curvado sobre a cadeira diante da escrivaninha do Polacco, estava um homem que chorava perdidamente com as mãos no rosto.

Imediatamente o Polacco, vendo abrir a porta, levantou o rosto e me fez um sinal irritado para fechá-la.

Obedeci. Certamente o homem que chorava era Aldo Nuti. Cavalena, a esposa e a filha me olharam perplexos, atônitos.

— O que houve? — fez Cavalena.

Só encontrei voz para responder:

— Tem... tem gente...

Pouco depois, Polacco saiu da Direção Artística perturbado. Viu Cavalena e lhe fez um sinal para esperar:

— Muito bem. Preciso falar com você.

E, sem nem pensar em cumprimentar as senhoras, pegou-me pelo braço e me levou para um canto.

— Ele veio! Não devemos absolutamente deixá-lo sozinho! Falei de você para ele. Lembra-se muito bem. Onde você se hospeda? Espere! Eu gostaria...

Voltou-se para chamar Cavalena.

— Você aluga dois quartos, não? Estão livres neste momento?

— Infelizmente! — suspirou Cavalena. — Há mais de três meses...

— Gubbio — disse-me o Polacco —, você deve sair imediatamente de onde está hospedado; pague o que deve pagar, um mês, dois meses, três meses; alugue um desses dois quartos de Cavalena. O outro será para ele.

— Com muito prazer! — exclamou Cavalena radiante, estendendo-me as duas mãos.

— Vamos, vamos — continuou o Polacco. — Você vai preparar os quartos e você vai pegar sua roupa e levar logo para Cavalena. Depois volte aqui! Estamos entendidos!

Abri os braços, resignado.

Polacco voltou à sua sala. E eu saí com os Cavalena, atônitos e muito ansiosos para que eu lhes explicasse todo este mistério.

Caderno Quinto

I

Saio agora do quarto de Aldo Nuti. É quase uma da manhã.

A casa – onde passo a primeira noite – dorme. Tem um cheiro novo para mim, ainda não agradável à minha respiração; aspecto de coisas, sabor de vida, disposição de usos pessoais, traços de hábitos desconhecidos.

No corredor, assim que fecho a porta do quarto de Nuti, com um fósforo aceso na mão, vi à minha frente, muito perto, enorme na outra parede, a minha sombra. Perdido no silêncio da casa, sentia minha alma tão pequena que aquela minha sombra na parede, tão grande, pareceu-me a imagem do medo.

Ao fundo do corredor, uma porta; diante dessa porta, na passadeira, um par de sapatinhos da senhorita Luisetta. Parei por um momento, olhando a minha sombra monstruosa que se alongava em direção àquela porta e me pareceu que os sapatinhos estivessem lá para afastar a minha sombra. De repente, atrás da porta, a velha cachorrinha Piccinì, talvez já com as orelhas em pé, em guarda desde o primeiro barulho da porta aberta, deu dois latidos roucos. Não latira ao barulho, mas ouviu que eu parara por um momento; ouviu meu pensamento chegar ao quarto de sua dona, e latiu.

Estou no meu novo quarto. Mas não devia ser este. Quando vim trazer minhas coisas, Cavalena, realmente contentíssimo em me ter em casa, não só pela viva simpatia e a grande confiança que logo inspirei nele, mas talvez também porque espera entrar mais facilmente na Kosmograph por meu intermédio, tinha me designado o outro quarto maior, mais cômodo, melhor mobiliado.

Certamente não foi ele, nem a senhora Nene que quiseram e fizeram a troca. Deve ter sido a senhorita Luisetta, que esta manhã, com tanta atenção e tanto espanto, saindo da Kosmograph, ouviu no coche o meu sumário relato sobre o caso de Nuti. Sim, foi ela, sem dúvida. Confirmaram-me agora há pouco aqueles seus sapatinhos diante da porta, na passadeira do corredor.

Isso me desagrada apenas porque, da mesma forma, se esta manhã tivessem me mostrado os dois quartos, eu teria deixado aquele para o Nuti, e teria escolhido este para mim. A senhorita Luisetta adivinhou muito bem, pois, sem me dizer nada, tirou minhas coisas de lá e as passou para cá. Certamente, se ela não tivesse feito isso, não gostaria de ver Nuti alojado aqui, neste quarto menor e menos cômodo. Mas devo pensar que ela quis me poupar esse desprazer? Não posso. Ter ela feito, sem me dizer nada, o que eu teria feito, me ofende, mesmo reconhecendo que devia ser assim, aliás, exatamente porque reconheço que devia ser assim.

Ah, que efeito prodigioso produzem nas mulheres as lágrimas nos olhos de um homem, principalmente as lágrimas de amor! Mas quero ser justo: também produzem esse efeito em mim.

Ele me reteve lá por cerca de quatro horas. Queria continuar a falar e a chorar: eu o impedi, especialmente por pena de seus olhos. Nunca vi dois olhos ficarem assim por excesso de choro.

Expresso-me mal. Não por excesso de choro. Talvez poucas lágrimas (ele derramou uma infinidade), mas talvez só poucas teriam bastado para deixar seus olhos naquele estado.

Mas é estranho! Parece que não é ele quem chora. Pelo que diz, pelo que se propõe a fazer, não tem razão, nem, certamente, vontade de chorar. As lágrimas queimam seus olhos, suas faces, e por isso sabe que chora, mas não sente o seu pranto. Seus olhos choram quase que por uma dor não sua, por uma dor quase das próprias lágrimas. Sua dor é feroz e não as quer, desdenha dessas lágrimas.

Mas mais estranho ainda me pareceu quando, em certo ponto, falando, seu sentimento aproximou-se — por assim dizer — das lágrimas, e elas diminuíram de repente. Enquanto sua voz se suavizava e tremia, os olhos, ao contrário — aqueles olhos vermelhos e desfeitos pouco antes pelo pranto — tornaram-se ardentes e duros: ferozes.

De modo que o que ele diz e os seus olhos não devem estar de acordo.

Mas está ali, naqueles olhos e não no que diz, o seu coração. Por isso tive pena especialmente daqueles olhos. Não falar e chorar; chorar e ouvir seu próprio choro é o melhor que ele pode fazer.

Através da parede, ouço o barulho dos passos dele. Aconselhei-o a se deitar, a tentar dormir. Ele disse que não pode, que há muito tempo perdeu o sono. Quem o fez perder o sono? Certamente não foi o remorso, pelo que diz. Há entre os muitos fenômenos da alma humana um dos mais comuns e também dos mais estranhos de se estudar, o da luta obstinada, raivosa que cada homem, por mais que esteja arrasado por suas culpas, vencido e derrotado em seu pesar, teima em fazer contra a própria consciência, para não reconhecer essas culpas e não sentir remorsos. Que os outros as reconheçam e o punam por elas, prendam-no, inflijam a ele os mais cruéis suplícios e o matem, não lhe importa, desde que ele não as reconheça, contra a própria consciência que os grita!

Quem é ele? Ah, se cada um de nós pudesse por um momento separar de si a metáfora de si mesmo, que inevitavelmente, das nossas inúmeras ficções, conscientes e inconscientes, das interpretações fictícias dos nossos atos e dos nossos sentimentos, somos induzidos a formar; logo perceberíamos que esse "ele" é outro, outro que não tem nada ou bem pouco a ver com ele; e que o verdadeiro "ele" é o que grita, por dentro, a culpa: o íntimo ser, muitas vezes condenado por toda a vida a permanecer desconhecido!

Queremos salvar a qualquer custo, manter em pé essa metáfora de nós mesmos, nosso orgulho e nosso amor. E por essa metáfora sofremos o martírio e nos perdemos, quando seria tão doce nos abandonarmos vencidos, nos rendermos ao nosso íntimo ser, que é um deus terrível, quando nos opomos a ele, mas que se torna piedoso de todas as nossas culpas, assim que as reconhecemos, e pródigo de ternuras inesperadas. Mas isso parece um negar-se, e coisa indigna de um homem; e será sempre assim, enquanto acreditarmos que a nossa humanidade consista nessa metáfora de nós mesmos.

A versão que Aldo Nuti dá dos acontecimentos que o transtornaram – parece impossível! – tende principalmente a salvar essa metáfora, a sua vaidade masculina, que, mesmo reduzida diante de mim àquele estado lastimável, não quer se resignar a confessar ter sido um brinquedo bobo nas mãos de uma mulher: um brinquedo, um palhacinho, que a Nestoroff, depois de ter se divertido um pouco fazendo-o abrir e fechar os braços num gesto de súplica, apertando com um dedo o botão bastante vistoso em seu peito, jogou num canto, despedaçando-o.

O palhacinho despedaçado se ergueu; o rostinho e as mãozinhas de porcelana davam pena: as mãozinhas sem dedos, o rostinho sem nariz, todo rachado, lascado; o botão do peito furou o casaquinho de lã vermelha e pulou para fora, quebrado; no entanto, não; o palhacinho grita não, que não é verdade que aquela mulher lhe tenha feito abrir e fechar os braços num gesto de súplica para rir, e que, depois de rir, despedaçou-o assim. Não é verdade!

De acordo com Duccella, de acordo com vó Rosa, ele seguiu os noivos da casinha de Sorrento até Nápoles para salvar o pobre Giorgio, demasiado ingênuo e cego pelo fascínio por aquela mulher. Não precisava muito para salvá-lo! Bastava demonstrar-lhe, e fazê-lo perceber, que aquela mulher que ele queria tornar sua, casando-se, podia ser sua, como tinha sido de outros, como seria de qualquer um, sem a necessidade de se casar com ela. Então, desafiado pelo pobre Giorgio, tratou logo de fazer essa prova. O pobre Giorgio considerava-a impossível porque, habitualmente, pela comuníssima tática de todas essas mulheres, a Nestoroff nunca quisera conceder a ele nem o mínimo favor, e em Capri a vira rejeitar todos, reservada e altiva! Foi uma traição horrível. Não dele, mas de Giorgio Mirelli! Ele prometera que, obtida a prova, imediatamente se afastaria daquela mulher, no entanto, se matou.

Essa é a versão que Aldo Nuti quer dar do drama.

Mas como? Não foi o palhacinho que fez a jogada? Por que se despedaçou assim? Se era uma jogada tão fácil?

Chega de perguntas e chega de espanto. Aqui é preciso fingir acreditar. Não deve diminuir, mas aumentar a pena pela arrogante necessidade de mentir desse pobre palhacinho, que é a vaidade de Aldo Nuti: o rostinho sem nariz, as mãozinhas sem dedos, o botão do peito quebrado e para fora do casaquinho rasgado, deixemos que minta! Já que a mentira lhe serve para chorar mais.

Não são lágrimas boas, porque ele não quer sentir nelas a sua dor. Não as quer e as despreza. Ele quer fazer mais do que chorar, e será preciso ficar de olho nele. Por que veio aqui? Não tem ninguém para se vingar, se a traição foi feita por Giorgio Mirelli, suicidando-se e lançando seu cadáver entre a irmã e o noivo. Foi o que lhe disse.

— Eu sei — respondeu-me. — Mas é ela, essa mulher, a causa de tudo! Se ela não tivesse vindo transtornar a juventude de Giorgio, seduzi-lo, enredá-lo com certas armas que realmente só para alguém inexperiente podem ser desleais, não porque não sejam desleais em si, mas porque alguém como eu, como o senhor, logo as reconhece pelo que são: víboras, que se tornam inócuas se arrancarmos seus dentes de veneno, agora eu não estaria assim! Ela logo viu em mim o inimigo, entende? E quis me morder furtivamente. Desde o início, eu, de propósito, deixei-a acreditar que seria facílissimo me morder. Queria que ela mordesse justamente para lhe arrancar os dentes. E consegui. Mas Giorgio, Giorgio, Giorgio estava envenenado para sempre! Devia ter-me feito entender que já era inútil que eu tentasse arrancar os dentes daquela víbora...

— Que víbora, desculpe! — não pude deixar de fazê-lo notar. — É muita ingenuidade para uma víbora, desculpe! Entregar ao senhor os dentes tão depressa, tão facilmente... A menos que o tenha feito para causar a morte de Giorgio Mirelli.

— Talvez!

— E por quê? Se já tinha conseguido seu propósito de se casar com ele? E não se rendeu logo ao seu jogo? Não se deixou arrancar os dentes antes de conseguir seu objetivo?

— Mas ela não suspeitava!

— Então, que víbora é essa! O senhor quer que uma víbora não suspeite? Uma víbora teria mordido depois, não antes! Se mordeu antes, quer dizer que... ou não era uma víbora, ou quis perder os dentes por Giorgio. Desculpe... não, espere... por favor, me escute... Digo isso porque... estou de acordo com o senhor, veja... ela quis se vingar, mas antes, só no início, de Giorgio. Acredito nisso, sempre pensei assim.

— Vingar-se do quê?

— Talvez de uma afronta, que nenhuma mulher suporta facilmente.

— Mas que mulher!

— Vamos, uma mulher, senhor Nuti! O senhor as conhece bem, sabe que são todas iguais, especialmente nisso.

— Que afronta? Não entendo.
— Veja: Giorgio era completamente dedicado à sua arte, não é?
— Sim.
— Encontrou em Capri essa mulher que se prestou a ser objeto de contemplação para ele, para sua arte.
— De propósito, sim.
— E não viu, não quis ver nela mais que o corpo, mas só para acariciá-lo numa tela com seus pincéis, com o jogo de luzes e de cores. Então ela, ofendida e ressentida, para se vingar, seduziu-o: estou de acordo com o senhor! E, seduzindo-o, ainda para se vingar, para se vingar melhor, resistiu, não é? Até que Giorgio, cego para tê-la, propôs-lhe casamento, levou-a a Sorrento para conhecer a avó e a irmã.
— Não! Foi ela que quis! Ela que impôs!
— Está bem, sim. Eu poderia dizer: afronta por afronta, mas não, eu agora quero me ater ao que o senhor disse, senhor Nuti! E o que o senhor disse me faz pensar que ela tenha obrigado Giorgio a levá-la lá, à casa da avó e da irmã, esperando que Giorgio se rebelasse a essa obrigação, para que ela tivesse um pretexto para desfazer o compromisso de se casar com ele.
— Desfazer? Por quê?
— Porque já tinha alcançado o objetivo! A vingança estava feita: Giorgio, vencido, cego, preso a ela, ao seu corpo, a ponto de querer casar-se com ela! Isso lhe bastava, e não queria mais nada! Todo o resto, as núpcias, a convivência com ele, de que certamente se arrependeria logo depois, teriam sido infelicidade para ela e para ele, uma prisão. Talvez ela não tenha pensado apenas em si, também tenha tido pena dele!
— Então o senhor acredita?

— O senhor me faz acreditar, o senhor me faz pensar que considera essa mulher desleal! Pelo que o senhor diz, senhor Nuti, não é lógico para uma mulher desleal fazer o que fez. Uma mulher desleal que quer se casar e antes do casamento se entrega ao senhor tão facilmente...

— Entrega-se a mim? — gritou Aldo Nuti nesse ponto, explodindo, colocado contra a parede pela minha lógica. — Quem lhe disse que ela se entregou a mim? Eu não a tive, não a tive... O senhor acha que eu tenha podido pensar em tê-la? Eu precisava apenas da prova, que ela certamente daria... uma prova para mostrar a Giorgio!

Fiquei atônito por um momento olhando-o na boca.

— E aquela víbora a deu logo? O senhor conseguiu ter essa prova facilmente? Mas então, mas então, desculpe...

Acreditei que finalmente a minha lógica tivesse a vitória nas mãos, que não seria mais possível arrancá-la delas. Ainda preciso aprender que, no momento exato em que a lógica, lutando com a paixão, acredita ter agarrado a vitória, a paixão, com um tapa imprevisto, arranca-a de volta, e depois, a socos e chutes, a manda embora, acompanhada de todas as suas consequências.

Se esse infeliz, evidentemente enganado por aquela mulher, por um fim que me parece ter adivinhado, não pôde nem fazê-la sua, e por isso também lhe ficou essa raiva no corpo, depois de tudo o que ele sofreu, porque o palhacinho bobo da sua vaidade talvez tenha acreditado realmente de início poder facilmente brincar com uma mulher como a Nestoroff, o que se pode pensar? É possível convencê-lo a ir embora? Obrigá-lo a reconhecer que não teria nenhum motivo para provocar outro homem, agredir uma mulher que não quer saber dele?

Entretanto... entretanto tentei convencê-lo a partir, e lhe perguntei o que ele queria, afinal, e o que esperava daquela mulher.

— Não sei, não sei — gritou. — Deve ficar comigo, deve sofrer comigo. Não posso mais ficar sem ela, não posso mais ficar sozinho. Tenho tentado até agora, fiz de tudo para convencer Duccella, mobilizei tantos amigos, mas entendo que não é possível. Não acreditam na minha desgraça, no meu desespero. E agora eu preciso, preciso me agarrar em alguém, para não ser assim tão sozinho. O senhor entende: estou enlouquecendo! Estou enlouquecendo! Sei que aquela mulher não vale nada, mas tudo o que sofri e sofro por ela tem um preço. Não é amor, é ódio, é o sangue que se derramou por ela! E já que minha vida quis se afogar nesse sangue para sempre, agora é preciso que nós dois estejamos mergulhados nele, agarrados, eu e ela, não só eu! Não posso mais ficar sozinho assim!

Saí de seu quarto sem nem ter tido o prazer de lhe ter oferecido um desabafo que pudesse aliviar um pouco o coração. Eu agora posso abrir a janela e contemplar o céu, enquanto ele lá massacra as mãos e chora, devorado pela raiva e pela dor. Se eu voltasse lá, em seu quarto, e lhe dissesse com alegria: "Sabe, senhor Nuti? Existem estrelas! O senhor certamente as esqueceu, mas existem estrelas!", o que aconteceria? A quantos homens, presos no jugo de uma paixão, ou mesmo oprimidos, esmagados pela tristeza, pela miséria, faria bem pensar que existe, acima dos tetos, o céu, e que no céu existem estrelas. Mesmo se a existência das estrelas não lhes inspirasse um conforto religioso. Contemplando-as, mergulhamos em nossa enferma pequenez, desaparecemos no vazio dos espaços, e não pode deixar de nos parecer mísera e vã qualquer razão de tormento. Mas seria preciso termos por dentro, no momento da paixão, a possibilidade de pensar nas estrelas. Alguém como eu, que há algum tempo olha tudo e a si mesmo de longe, pode tê-la. Se eu entrasse lá para dizer ao senhor Nuti que existem estrelas no céu, talvez ele me gritasse para cumprimentá-las e me mandaria embora, como um cão.

Mas então eu posso, como gostaria o Polacco, ser seu guardião? Imagino como, dentro em pouco, irá me olhar Carlo Ferro, vendo-me na Kosmograph ao lado dele. E Deus sabe que não tenho nenhuma razão para ser mais amigo de um do que de outro.

Eu gostaria de continuar a ser, com a costumeira impassibilidade, operador. Não me aproximarei da janela. Pobre de mim, desde que veio à Kosmograph aquele maldito Zeme, também vejo no céu uma maravilha de cinema.

II

— Então a coisa é séria? — veio ao meu quarto Cavalena perguntar, misteriosamente, esta manhã.

O pobre homem tinha três lenços nas mãos. Em certo momento, depois de muita compaixão por aquele caro "barão" (isto é, o Nuti) e muitas considerações sobre as inúmeras infelicidades humanas, como prova dessas infelicidades, estendeu diante de mim aqueles três lenços, primeiro um, depois o outro e depois o outro, exclamando:

— Veja!

Todos os três estavam esburacados, como que roídos por ratos.

Olhei-os com pena e com espanto; depois olhei para ele, mostrando claramente que não entendia nada. Cavalena espirrou, ou melhor, me pareceu espirrar. Não. Ele tinha dito:

— Piccinì.

Vendo que eu o olhava com ar espantado, mostrou-me de novo os lenços e repetiu:

— Piccinì.

— A cachorrinha?

Ele fechou os olhos e balançou a cabeça com trágica solenidade.

— Trabalha bem, ao que parece — disse eu.

— E não posso lhe dizer nada! — exclamou Cavalena. — Porque é o único ser, aqui, na minha casa, pelo qual minha esposa se sente amada e que não teme inimizade. Ah, senhor Gubbio, creia, a natureza é muito infame. Nenhuma desgraça pode ser maior e pior do que a minha. Ter uma esposa que se sente amada somente por uma cadela! E não é verdade, sabe? Aquele bicho não ama ninguém! Minha esposa a ama, e sabe por quê? Porque só com esse bicho pode sentir que tem um coração transbordante de caridade. Se o senhor visse como se alegra com isso! Tirana com todos, essa mulher se torna escrava de um bicho velho e feio que... O senhor a viu?... As patas em gancho, os olhos remelentos... Ela a ama tanto mais, quanto mais percebe que entre ela e eu já se estabeleceu há algum tempo uma antipatia invencível, senhor Gubbio! Invencível! Esse bicho feio, certo de que eu, sabendo que a dona o protege, nunca lhe daria aquele chute que o destriparia, que faria dele — juro, senhor Gubbio — um mingau, faz-me com a mais irritante placidez todos os desaforos possíveis e imagináveis, verdadeiros abusos: suja constantemente o tapete do escritório, deixa de fazer de propósito suas necessidades pela rua para vir fazê-las no tapete do escritório, e não são pequenas, sabe? Grandes e pequenas; deita-se nas poltronas, no canapé do escritório; não aceita a comida e rói todos os panos sujos: olhe aqui, três lenços, ontem, e também aventais, guardanapos, toalhas, forros, e é preciso admirá-lo e agradecer, porque sabe o que significa para minha esposa toda essa roeção? Afeição! Garanto. Significa que a cachorrinha sente o cheiro dos donos. — Mas como? E o come? — Minha esposa responderia que ela não sabe o que faz. Já roeu meio enxoval. Preciso ficar calado, aguentar, aguentar, porque de outra forma logo minha esposa encontraria desculpa para me demonstrar mais uma vez, como dois e dois são quatro, a minha falta de piedade. Isso mesmo! Sorte, senhor Gubbio, sempre digo, sorte que sou médico! Tenho a obrigação de médico de entender que esse exagerado amor por um bicho também é um sintoma da doença! Típico, sabe?

Ficou por um tempo me olhando indeciso, perplexo, depois me indicando uma cadeira, perguntou:

— Posso?

— Mas claro! — disse-lhe.

Sentou-se; olhou um dos lenços balançando a cabeça; então, com um sorriso triste, quase suplicante:

— Não o aborreço, não é? Não o perturbo?

Assegurei-lhe calorosamente que não me perturbava de modo algum.

— Sei, vejo que o senhor tem coração... deixe que diga! Um homem tranquilo, mas que sabe compreender e se compadecer. E eu...

Interrompeu-se com o rosto conturbado, apurou os ouvidos, levantou-se precipitadamente:

— Parece que Luisetta tenha me chamado...

Eu também apurei os ouvidos e disse:

— Não, acho que não.

Dolorosamente levou as mãos à peruca e a assentou na cabeça.

— Sabe o que Luisetta me disse ontem à noite? "Papai, não recomece". Eu sou, senhor Gubbio, um homem exasperado! Inevitavelmente. Preso aqui em casa, de manhã à noite, sem nunca ver ninguém, excluído da vida, não posso desafogar a raiva pela injustiça da minha sorte! E Luisetta diz que faço fugir todos os inquilinos!

— Oh, mas eu... — tentei protestar.

— Não, é verdade, sabe? É verdade! — interrompeu-me Cavalena. — O senhor, que é tão bom, precisa me prometer desde agora que assim que eu lhe canse, assim que eu o aborreça, me pegará pelos ombros e me botará para fora do quarto! Prometa, por caridade. Aqui, aqui: aperte minha mão, que fará assim.

Estendi-lhe a mão, sorrindo:

— Aqui está... como o senhor quer... para contentá-lo.

— Obrigado! Assim fico mais tranquilo. Tenho consciência senhor Gubbio, acredite! Mas consciência do quê? De não ser mais eu! Quando se chega a tocar o fundo, isto é, a perder o pudor da própria desgraça, o homem está acabado! Mas eu não perderei esse pudor! Eu era tão zeloso da minha dignidade! Essa mulher me fez perdê-la, gritando a sua loucura. Infelizmente a minha desgraça já é conhecida por todos! E é obscena, obscena, obscena.

— Mas não... por quê?

— Obscena! — gritou Cavalena. — Quer vê-la? Olhe! Aqui está!

E, dizendo isso, agarrou com dois dedos a peruca e a levantou. Quase aterrorizado, fiquei olhando aquele crânio nu, pálido, de bode esfolado, enquanto Cavalena, com lágrimas nos olhos, continuava:

— Pode não ser obscena, me diga, a desgraça de um homem nesse estado e do qual a esposa ainda sente ciúmes?

— Mas se o senhor é médico! Se o senhor sabe que é uma doença! — apressei-me em dizer, aflito, alçando as mãos como que para ajudá-lo a recolocar a peruca na cabeça.

Ele a recolocou e disse:

— Mas é justamente porque sou médico e sei que é uma doença, senhor Gubbio! Esta é a desgraça! Eu sou médico! Se eu não soubesse que ela faz isso por loucura, eu a expulsaria de casa, vê? Me separaria dela, defenderia a qualquer custo a minha dignidade. Mas sou médico! Sei que é louca! E sei que devo ter razão por dois, por mim e por ela que não a tem mais! Mas o que significa ter razão por uma louca, quando a loucura é tão extremamente ridícula, senhor

Gubbio? Significa cobrir-se de ridículo, forçosamente! Significa se resignar a suportar a tortura que essa louca faz da minha dignidade diante da filha, diante das criadas, diante de todos, publicamente. Por isso perdi o pudor da própria desgraça!

— Papai!

Ah, dessa vez sim, a senhorita Luisetta chamou mesmo.

Cavalena se recompôs imediatamente, ajeitou bem a peruca na cabeça, pigarreou para mudar a voz, e achou uma voz muito fina, carinhosa e sorridente, para responder:

— Estou aqui, Sesé.

E saiu, fazendo-me sinal, com um dedo, para calar.

Pouco depois, eu também saí para ver o Nuti. Escutei por trás da porta do quarto. Silêncio. Talvez dormisse. Fiquei um pouco perplexo, olhei o relógio: já era hora de ir à Kosmograph, não queria deixá-lo sozinho, tanto mais que o Polacco me recomendara expressamente para levá-lo comigo.

De repente, pareceu-me ouvir um suspiro forte, de angústia. Bati na porta. O Nuti, da cama, respondeu:

— Entre.

Entrei. O quarto estava escuro. Aproximei-me da cama. O Nuti disse:

— Acho... acho que estou com febre...

Inclinei-me sobre ele e toquei sua mão. Queimava.

— Sim! — exclamei. — O senhor tem febre e muita. Espere. Vou chamar o senhor Cavalena. O dono da casa é médico.

— Não, deixe... vai passar! — disse ele. — É cansaço.

— Certo — respondi. — Mas porque não quer que eu chame Cavalena? Vai passar mais rápido. Posso abrir um pouco as cortinas?

Olhei-o à luz: senti medo. O rosto cor de tijolo, duro, sombrio, esticado; o branco dos olhos, ontem vermelhos, estavam quase pretos, entre bolsas horrivelmente inchadas; o bigode, descomposto, colado nos lábios secos, dilatados, abertos.

— O senhor deve estar mal de verdade.

— Sim, mal... — disse. — A cabeça...

E tirou uma das mãos das cobertas para pousá-la fechada na testa.

Fui chamar Cavalena que ainda falava com a filha no fundo do corredor. A senhorita Luisetta, vendo que eu me aproximava, olhou-me com uma frieza sombria.

Certamente supôs que o pai já me fizera um primeiro desabafo. Pobre de mim, sinto-me condenado injustamente a pagar assim a demasiada confiança que o pai me dedica.

A senhorita Luisetta já é minha inimiga. Não só pela demasiada confiança do pai, mas também pela presença do outro hóspede na casa. O sentimento que esse outro hóspede despertou nela, desde o primeiro instante, impede a amizade por mim. Logo percebi. É inútil pensar nisso. São aqueles impulsos secretos, instintivos, em que se determinam as disposições de espírito e pelos quais, de um momento a outro, sem motivo aparente, alteram-se as relações entre duas pessoas. Certamente, agora a inimizade aumentou, pelo tom de voz e a maneira com que eu — tendo sentido isso — quase sem querer, avisei que Aldo Nuti estava na cama, em seu quarto, com febre. De início, ficou pálida, depois vermelha. Talvez naquele mesmo momento ela tenha tido consciência do sentimento, ainda indeterminado, de aversão por mim.

Cavalena correu imediatamente ao quarto do Nuti; ela parou em frente à porta, como se não quisesse me deixar entrar; tanto que fui obrigado a lhe dizer:

— Desculpe, posso?

Mas pouco depois, isto é, quando o pai lhe pediu para ir buscar o termômetro para medir a febre, ela também entrou no quarto. Não tirei os olhos do rosto dela nem por um momento, e vi que ela, sentindo-se olhada por mim, se esforçava violentamente para dissimular a pena e ao mesmo tempo a inquietação que a vista do Nuti lhe causavam. O exame durou muito tempo. Mas, exceto a febre altíssima e a dor de cabeça, Cavalena não conseguiu detectar nada. Ao sairmos do quarto, depois de ter fechado as cortinas, porque o doente não suportava a luz, Cavalena se mostrou preocupadíssimo. Temia que fosse uma inflamação cerebral.

— É preciso chamar logo outro médico, senhor Gubbio! Eu, até porque sou dono da casa, o senhor entende, não posso assumir a responsabilidade de um mal que considero grave.

Deu-me um bilhete para esse outro médico seu amigo, que atendia numa farmácia próxima, e fui lá deixar o bilhete; depois, já atrasado, corri à Kosmograph.

Encontrei o Polacco impaciente, muito arrependido por ter ajudado o Nuti nessa louca empresa. Disse que jamais teria imaginado vê-lo no estado em que apareceu assim de repente, inesperadamente, porque, pelas cartas dele, primeiro da Rússia, depois da Alemanha, depois da Suíça, não havia como saber. Queria mostrá-las para mim para se justificar, mas depois se esqueceu de repente. A notícia da doença quase o alegrou ou, pelo menos, aliviou-o de um grande peso, pelo momento.

— Inflamação cerebral? Oh, ouça Gubbio, se ele morresse... Por Deus, quando um homem chega a esse extremo, quando se torna perigoso para si e para os outros, a morte... quase... Mas esperemos que não, esperemos que seja uma crise saudável. Muitas vezes, quem sabe! Sinto tanto por você, pobre Gubbio, e também pelo pobre Cavalena... Que desgraça... Vou... vou visitá-los esta noite. Mas é providencial, sabe? Até agora, exceto você, ninguém o viu aqui, ninguém sabe que ele chegou. Silêncio com todos, eh? Você me disse que seria prudente tirar o Ferro do filme do tigre.

— Mas sem que ele perceba...

— Ingênuo! Você está falando comigo. Já pensei em tudo. Veja: ontem à noite, pouco depois que vocês saíram, a Nestoroff veio me ver.

— Ah, sim? Aqui?

— Deve ter desconfiado que o Nuti chegara. Meu caro, ela está com muito medo! Medo do Ferro, não do Nuti. Veio me perguntar... assim, como se nada fosse, se era mesmo necessário que ela continuasse a vir à Kosmograph, e também ficar em Roma, já que, daqui a pouco, as quatro companhias estarão empenhadas no filme do tigre, do qual ela não vai participar. Entende? Peguei a bala no ar. Respondi-lhe que o comendador Borgalli mandou que, antes que as quatro companhias se juntem, terminemos de encenar os três ou quatro filmes que ficaram inacabados por falta de algumas externas, para as quais será preciso ir longe. Tem aquele dos marinheiros de Otranto, com roteiro do Bertini. "Mas eu não participo" disse a Nestoroff. "Eu sei", respondi, "mas o Ferro participa, tem o papel principal, e talvez seja melhor, mais conveniente para nós, tirá-lo do papel no filme do tigre e mandá-lo a Otranto com o Bertini. Mas talvez ele não queira aceitar. A senhora poderia convencê-lo". Ela me olhou nos olhos por algum tempo... sabe, como costuma fazer... depois disse: "Poderia...". E por fim, depois de ter pensado um pouco: "Nesse caso ele iria sozinho, eu ficaria aqui para algum papel, mesmo secundário, no filme do tigre...".

— Ah, não! — não pude deixar de dizer, nesse ponto, ao Polacco. — Carlo Ferro não irá sozinho até lá, pode estar certo!

Polacco começou a rir.

— Ingênuo! Se ela quiser mesmo, é claro que ele irá! Irá até o inferno!

— Não entendo. Por que ela quer ficar aqui?

— Não é verdade! É o que ela diz... Não entende que está fingindo para não deixar que eu veja que teme o Nuti? Ela também irá, você vai ver. Ou talvez... ou talvez... quem sabe! Quem sabe queira realmente ficar para se encontrar aqui, sozinha, livremente, com o Nuti e fazê-lo mudar de ideia. Ela é capaz disso e mais, é capaz de tudo. Ah, que problema! Vamos, vamos trabalhar. Oh, diga-me uma coisa: a senhorita Luisetta? É absolutamente preciso que venha para as outras tomadas do filme.

Contei-lhe da ira da senhora Nene, e que Cavalena, um dia antes, viera para devolver (apesar de a contragosto da sua parte) o dinheiro e os presentinhos. Polacco repetiu que iria à noite à casa de Cavalena para convencê-lo, junto com a senhora Nene, a fazer a senhorita Luisetta voltar à Kosmograph. Já estávamos na entrada do Departamento do Positivo: deixei de ser Gubbio e me tornei a mão.

III

Interrompi por muitos dias estas minhas notas.

Foram dias de angústia e apreensão. Ainda não passaram totalmente, mas a tempestade, que desabou terrível sobre a alma desse infeliz que nós todos aqui tentamos ajudar piedosamente e com muita solicitude, já que era pouco menos do que um desconhecido e o que se sabia dele, de sua aparência e do ar que ostentava de seu destino levavam à comiseração e a um vivo interesse em seu tristíssimo caso; essa tempestade, quero dizer, parece que está se acalmando aos poucos. Se não for uma breve trégua. Temo. Muitas vezes, no forte de um furacão, a explosão formidável de um trovão consegue abrir um pouco o céu, mas, pouco depois, as nuvens, abertas por um momento, voltam a se juntar lentamente e mais sombrias, e o furacão, engrossado, despenca de novo, mais furioso do que antes. De fato, a calma em que parece ter se recolhido aos poucos a alma do Nuti, depois das fúrias delirantes e do horrível frenesi de tantos dias, está tremendamente sombria, exatamente como a de um céu que escurece.

Ninguém percebe, ou demonstra perceber, talvez pela necessidade de momentaneamente sentirmos um pouco de alívio dizendo que, de alguma forma, o pior passou. Precisamos, queremos nos recompor o melhor possível, e também todas as coisas que nos rodeiam, atacadas pelo turbilhão da loucura; porque ficou não só em nós, mas também no quarto, nos objetos do quarto, uma espécie de estupefação cega, uma estranha incerteza na aparência das coisas, como um ar de alienação, suspenso e difuso.

Não se presencia em vão a explosão de uma alma que, do seu mais profundo lance, deformados e confusos os pensamentos mais recônditos, nunca confessados nem a si mesma, os sentimentos mais secretos e assustadores, as sensações mais estranhas que esvaziam as coisas de seu sentido habitual, para lhes dar imediatamente um outro sentido impensado, com uma verdade que agride e se impõe, desconcerta e aterroriza. O terror surge de se reconhecer com uma clareza dolorosa, que a loucura se aninha e se oculta dentro de cada um de nós e que um quase nada pode desencadeá-la: basta afrouxar um pouco a malha elástica da consciência presente para que todas as imagens acumuladas por muitos anos e agora vagando desconexas, os fragmentos de uma vida deixada oculta, porque não podemos ou não queremos refleti-la em nós à luz da razão, atos ambíguos, mentiras vergonhosas, rancores sombrios, crimes pensados à sombra de nós mesmos até os últimos detalhes, lembranças esquecidas e desejos não confessados, irrompam em tumulto, com fúria diabólica, rugindo como feras. Mais de uma vez, nós todos nos entreolhamos com a loucura nos olhos, bastando o terror do espetáculo daquele louco, para que também se afrouxe um pouco em nós essa malha elástica da consciência. E ainda agora, olhamos obliquamente e vamos tocar com um sentimento de espanto alguns objetos do quarto, que foram por algum tempo iluminados sinistramente por um aspecto novo, assustador, da alucinação do enfermo; e, andando por nosso quarto, percebemos com assombro e horror que... sim, realmente, nós também fomos dominados pela loucura, mesmo de longe, mesmo a sós: encontramos aqui e ali sinais evidentes, muitos objetos, muitas coisas estranhamente fora de lugar.

Precisamos, queremos nos recompor, necessitamos crer que o enfermo agora esteja assim, nessa calma sombria, porque ele ainda está atordoado pela violência dos últimos acessos e esgotado, exausto.

Para sustentar esse engano, basta um levíssimo sorriso de gratidão apenas esboçado com os lábios ou com os olhos para a senhorita Luisetta: um bafejo, um espectro de luz imperceptível, que, a meu ver, não vem do enfermo, mas se espalha em seu rosto pela doce enfermeira, assim que ela se aproxima do leito e se inclina.

Ah, em que estado está também a doce enfermeira! Mas ninguém se preocupa com ela, e ela, menos ainda. No entanto, a mesma tempestade subjugou e transtornou essa inocente!

Foi uma tortura, da qual ela ainda nem se deu conta, porque talvez ainda não tenha consigo, dentro de si, a própria alma. Ela a entregou a ele, como se não fosse sua, como algo de que ele, no delírio, pudesse se apropriar para ter alívio e conforto.

Eu assisti a essa tortura. Não fiz nada, nem talvez teria podido fazer para impedi-la. Mas vejo e confesso que estou revoltado. O que quer dizer que o meu sentimento está comprometido. Na verdade, temo que, logo, deverei fazer a mim mesmo outra confissão dolorosa.

Aconteceu o seguinte: o Nuti, no delírio, confundiu a senhorita Luisetta com Duccella, e, de início, investiu furioso contra ela, gritando-lhe no rosto que era injusta a sua dureza, a sua crueldade para com ele, já que ele não tinha nenhuma culpa da morte do irmão, que sozinho, como um estúpido, como um louco, se matara por aquela mulher; depois, assim que ela venceu o primeiro terror, entendendo rapidamente a alucinação do enfermo, aproximou-se piedosa, ele não quis mais deixá-la nem por um momento, abraçou-se a ela soluçando perdidamente e murmurando as palavras de amor mais ardentes e mais ternas, acariciando-a ou beijando-lhe as mãos, os cabelos, a testa.

Ela deixou que ele o fizesse. E todos os outros deixaram que ele o fizesse. Porque aquelas palavras, aquelas carícias, aqueles abraços, aqueles beijos, não eram para ela: eram para uma alucinação, em que seu delírio se aplacava. De modo que era preciso deixá-lo fazer. Ela, a senhorita Luisetta, tornava sua alma caridosa e amorosa por conta da outra; e essa alma, tornada caridosa e amorosa, entregava a ele, como se não fosse sua, mas da outra, de Duccella. E enquanto ele se apropriava dessa alma, ela não podia, não devia se apropriar daquelas palavras, daquelas carícias, daqueles beijos... Mas as sentiu em todas as fibras de seu corpo, a pobre menina, já disposta desde o primeiro momento a ter tanta piedade por esse homem que tanto sofria por causa da outra mulher! E não tinha piedade de si mesma, ela que era realmente piedosa, coube-lhe ser piedosa por aquela outra, que ela naturalmente considerava dura e cruel. Pois bem, entregou a ela a sua piedade, para que a destinasse a ele e por ele — através do corpo dela — se fizesse amar e acariciar. Mas o amor, amor, quem o dava? Devia dá-lo ela, forçosamente, junto com aquela piedade. E a pobre menina o deu. Sente tê-lo dado com toda a alma, com todo o coração, mas acredita tê-lo dado pela outra.

Depois aconteceu que, enquanto ele, agora, voltava aos poucos a si, recuperava-se e fechava-se sombrio em sua desgraça, ela ficava vazia e perdida, como que suspensa, sem mais olhar, quase alienada de qualquer sentido, uma sombra, aquela sombra que estava na alucinação dele. Para ele, o espectro despareceu, e com o espectro, o amor. Mas essa pobre menina, que se esvaziou para encher o espectro de si, de seu amor, de sua piedade, ficou, agora um espectro, e ele não percebeu! Apenas lhe sorriu por gratidão. O remédio deu certo, a alucinação desapareceu, então basta, não?

Não me importaria tanto, se por todos esses dias eu também não fosse obrigado a dar minha piedade, a me desgastar, a correr aqui e ali, a velar muitas noites seguidas, não por um autêntico sentimento meu, isto é, que o Nuti tivesse me inspirado, como eu gostaria, mas por outro sentimento, também de piedade, mas de piedade interessada, tão interessada que me fazia, e ainda me faz, parecer falsa e odiosa a piedade que eu demonstrava, e ainda demonstro, ao Nuti.

Sinto que, assistindo à tortura, certamente involuntária, que ele causou no coração da senhorita Luisetta, eu, querendo obedecer ao meu real sentimento, precisaria retirar a minha piedade dele. Realmente a retirei, dentro de mim, para dirigi-la àquele pobre coraçãozinho torturado, mas continuei demonstrando-a a ele, porque não podia deixar de fazê-lo, obrigado pelo sacrifício dela, que era maior. Se ela realmente se prestava a sofrer aquela tortura por piedade dele, eu poderia, os outros poderiam, retrair-se de cuidados, de cansaços, de demonstrações de caridade muito menores? Retrair-me queria dizer reconhecer e mostrar que ela não sofria aquela tortura apenas por piedade, mas também por amor a ele, aliás, sobretudo por amor. E não podia, não devia ser assim. Eu precisei fingir, porque ela precisava acreditar dar a ele o seu amor pela outra. E fingi maravilhosamente, mesmo me desprezando. Só assim consegui modificar suas disposições de espírito por mim, fazer dela, de novo, minha amiga. Mas também, mostrando-me a ela tão piedoso com o Nuti, talvez tenha perdido o único recurso que me restava para fazê-la voltar a si, isto é, demonstrar-lhe que Duccella, no lugar de quem ela acredita amá-lo, não tem nenhuma razão para ser piedosa com ele. Dando a Duccella a sua verdadeira realidade, o espectro dela, aquele espectro amoroso e piedoso, em que a senhorita Luisetta se transformou, deveria desaparecer, e a senhorita Luisetta ficaria com seu amor injustificado e não exigido por ele, porque ele exigiu da outra e não dela, e ela o deu pela outra e não por si, assim, diante de todos.

Sim, mas se eu sei que ela realmente lhe deu seu amor, sob esse piedoso fingimento, por que agora estou complicando?

Como Aldo Nuti considera que Duccella seja dura e cruel, ela me consideraria duro e cruel se eu a arrancasse desse piedoso fingimento. Ela é uma Duccella falsa, justamente porque ama, e sabe que a Duccella verdadeira não tem nenhuma razão para amar; sabe simplesmente porque Aldo Nuti, agora que a alucinação desapareceu, não vê mais o amor nela, mal lhe agradece miseravelmente pela piedade.

Talvez, a custo de sofrer um pouco mais, ela pudesse se recompor, mas só se Duccella se tornasse realmente piedosa, sabendo em que condições está o antigo noivo, e aparecesse aqui, diante do leito onde ele está, para lhe entregar de novo seu amor e salvá-lo.

Mas Duccella não virá. E a senhorita Luisetta continuará a acreditar, diante de todos e também diante de si mesma, de boa-fé, que ama Aldo Nuti por ela.

IV

Como são tolos os que dizem que a vida é um mistério, infelizes que desejam explicar com a razão o que não se explica com a razão!

Colocarmos a vida à nossa frente como um objeto a ser estudado é absurdo, porque a vida, diante de nós, perde obrigatoriamente qualquer consistência real e se torna uma abstração vazia de sentido e de valor. Como é então possível explicá-la? Nós a matamos. Podemos, no máximo, fazer sua anatomia.

A vida não se explica; se vive.

A razão está na vida; não pode estar fora dela. E não precisamos colocá-la à nossa frente, mas senti-la dentro, e vivê-la. Quantos, saindo de uma paixão como se sai de um sonho, não se perguntam:

— Eu? Como pude ser assim? Fazer isso?

Não conseguem explicar; como não conseguem explicar que outros possam dar sentido e valor a certas coisas que para eles não têm, ou ainda não têm, nenhum sentido e valor. Procuram fora da vida a razão que há nas coisas. Podem encontrá-la? Fora da vida não há nada. Sentir esse nada, com a razão que se alheia da vida, ainda é viver, ainda é um nada na vida: um sentimento de mistério: a religião. Pode ser desesperado, se sem ilusões; pode ser aplacado mergulhando-se na vida, não mais aqui, mas ali, naquele nada, que logo se torna tudo.

Como entendi bem essas coisas em poucos dias, desde que passei a senti-las realmente! Quero dizer, desde que também me sinto, porque sempre senti os outros em mim e, por isso, foi-me fácil explicá-los e me compadecer deles.

Mas o sentimento que tenho de mim nesse momento é muito amargo.

Por sua causa, senhorita Luisetta, por ser tão piedosa! Mas justamente por ser tão piedosa. Não posso lhe dizer, não posso fazê--la entender. Eu também não gostaria de me dizer, não gostaria de entender. Mas não, eu não sou mais uma coisa, e esse meu silêncio não é mais silêncio de coisa. Queria que esse silêncio advertisse os outros, mas agora sofro muito com ele!

Continuo, apesar de tudo, a acolher todos nele. Mas agora sinto que me fazem mal todos os que entram ali, como num lugar de hospitalidade segura. O meu silêncio gostaria de se fechar cada vez mais ao meu redor.

No entanto, aqui está Cavalena, que se instalou nele, pobre homem, como em sua casa. Vem, assim que pode, me falar sempre com novos argumentos, ou pretextos muito fúteis, de sua desgraça. Diz que não é possível, por causa da esposa, ainda manter o Nuti alojado aqui, e que será preciso encontrar outro lugar para ele, assim que se recupere. Não é possível ter dois dramas um ao lado do outro. Especialmente porque o drama de Nuti é um drama de paixão, de mulheres... Cavalena precisa de inquilinos sensatos e recatados. Ele pagaria para que todos os homens fossem sérios, dignos, íntegros e gozassem de uma incontestável fama de incorruptibilidade, sob a qual poder esmagar o furioso desagrado da esposa contra todo o gênero masculino. Cabe-lhe todas as noites pagar a pena — a punição, diz ele — por todos os malefícios dos homens, registrados nas colunas dos jornais, como se ele fosse o autor ou o cúmplice necessário de cada sedução, de cada adultério.

— Está vendo? — grita a esposa, com o dedo apontado sobre a notícia: — Está vendo do que vocês são capazes?

Em vão, o pobrezinho tenta fazê-la notar que, em cada caso de adultério, para cada homem perverso que trai a esposa, é preciso haver uma mulher perversa cúmplice da traição. Cavalena acredita ter encontrado um argumento vitorioso, mas vê à sua frente a boca em "O" com o dedo no meio da senhora Nene, no costumeiro gesto que significa:

— Tolo!

Bela lógica! Claro! E a senhora Nene não odeia também todo o gênero feminino?

Levado pelos densos e insistentes argumentos desse terrível pensamento louco que não se detém diante de qualquer dedução, ele acaba, sempre, perdido ou atônito, numa situação falsa, da qual não sabe mais como sair. Forçosamente! Se é obrigado a alterar, a complicar as coisas mais óbvias e naturais, a esconder as ações mais simples e mais comuns: um conhecido, uma apresentação, um encontro fortuito, um olhar, um sorriso, uma palavra, nos quais a esposa suspeitaria sabe-se lá de quais intenções secretas e armadilhas; forçosamente, mesmo discutindo com ela abstratamente, devem surgir incidentes, contradições, que de repente, inesperadamente, o revelam e o representam, com toda aparência de verdade, como mentiroso e impostor. Descoberto, apanhado em seu engano inocente, que ele mesmo já vê que não pode parecer como tal aos olhos da esposa; exasperado, contra a parede, contra a própria evidência, ele teima em negar, e por isso, muitas vezes, por nada, acontecem as brigas, as cenas, e Cavalena sai de casa e fica fora por quinze ou vinte dias, enquanto não lhe vem à consciência o fato de ser médico e a preocupação com a filha abandonada, "querida, pobre alminha linda", como ele a chama.

É um grande prazer para mim quando ele começa a falar dela, mas, justamente por isso, nunca faço nada para provocar essa conversa: seria me aproveitar vilmente da fraqueza do pai para penetrar, pelas confidências dele, na intimidade daquela "pobre alminha linda". Não, não! Muitas vezes chego a impedi-lo de continuar.

Cavalena não vê a hora de sua Sesé se casar, para que tenha sua vida fora do inferno desta casa! A mãe, ao contrário, só faz gritar para ela todos os dias:

— Não se case, atenção! Não se case, tola! Não cometa essa loucura!

— E Sesé? Sesé? — tenho vontade de lhe perguntar, mas, como sempre, me calo.

A pobre Sesé, talvez, nem saiba o que quer. Talvez, alguns dias, como o pai, gostaria que fosse amanhã; em outros dias deve sentir o mais doloroso desgosto ao ouvir seus pais fazerem qualquer menção velada a isso. Porque eles, certamente, com suas desprezíveis discussões, devem ter-lhe arrancado todas as ilusões, todas, todas, uma a uma, mostrando-lhe, com as discussões, as cruezas mais nauseantes da vida conjugal.

Impediram-na, também, de conseguir de outra forma a liberdade, de conseguir os recursos para se prover, para poder se afastar desta casa por sua conta. Devem ter dito que, graças a Deus, ela não precisava; como filha única terá no futuro o dote da mãe. Para quê se humilhar sendo professora ou procurando algum outro trabalho? Pode ler, estudar o que lhe agrada, tocar piano, bordar, livre em casa.

Bela liberdade!

Outra noite, bem tarde, depois que deixamos o quarto do Nuti já adormecido, eu a vi sentada no terracinho. Estamos na última casa da via Veneto, e temos na frente o parque da Villa Borghese. Quatro terracinhos no último andar, na cornija do edifício. Cavalena estava sentado em outro terracinho, e parecia absorto olhando as estrelas.

De repente, com uma voz que parecia vir de longe, quase do céu, permeada de uma aflição infinita, ouvi-o dizer:

— Sesé, está vendo as Plêiades?

Ela fingiu olhar, talvez tivesse os olhos cheios de lágrimas.

E o pai:

— Bem ali... sobre sua cabeça... aquele grupinho de estrelas... está vendo?

Ela fez que sim, que as via.

— Lindas, não, Sesé? Está vendo a Capella, como brilha?

As estrelas... Pobre papai! Bela distração... E com uma das mãos ajeitava, acariciava nas têmporas os cachos encaracolados da peruca artística, enquanto com a outra mão... o quê? sim... estava com Piccinì no colo, a sua inimiga, e acariciava sua cabecinha... Pobre papai! Devia ser um de seus momentos mais trágicos e patéticos!

Da Villa, vinha um ciciar de folhas longo, lento, leve; da rua deserta, alguns sons de passos e o rápido tropel de algum coche apressado. O tilintar da campainha e o prolongado zumbido do trole que corria ao longo do fio elétrico das linhas de bonde pareciam arrancar e arrastar com violência a rua, as casas e as árvores atrás de si. Depois, tudo se calava, e da calma cansada emergia um som distante de piano, quem sabe de qual casa. Era um som doce, velado, melancólico, que atraía a alma; prendi-a num ponto, como que para fazê-la sentir como era pesada a tristeza suspensa por tudo.

Ah, sim — talvez pensasse a senhorita Luisetta — casar... Imaginava que talvez fosse ela quem tocasse aquele piano, numa casa desconhecida, distante, para suavizar o pesar das tristes recordações longínquas, que envenenaram sua vida para sempre?

Será possível que ela se iluda? Será ela capaz de impedir que caiam, murchas, como flores, no ar silencioso, gelado por uma desconfiança que talvez já seja insuperável, todas as graças ingênuas que de vez em quando surgem em sua alma?

Noto que ela se desgasta voluntariamente; às vezes se faz dura, rude, para não parecer terna e crédula. Talvez ela gostaria de ser alegre, vivaz, como mais de uma vez, em alguns felizes momentos de esquecimento, assim que se levanta da cama, lhe sugerem os olhos, pelo espelho: aqueles seus olhos, que sorririam com muito prazer, brilhantes e perspicazes, e que ela condena a parecerem ausentes, ou esquivos e carrancudos. Pobres belos olhos! Quantas vezes, sob as sobrancelhas franzidas, não os fixa no vazio, enquanto solta pelo nariz um suspiro silencioso, como se ela mesma não o quisesse ouvir! E como esses olhos se toldam e mudam de cor toda vez que solta um desses suspiros silenciosos!

Certamente, deve ter aprendido há algum tempo a desconfiar de suas impressões, talvez por temer que lhe ataque aos poucos a mesma doença da mãe. Isso fica claro pelas suas repentinas mudanças de expressão, uma palidez súbita após um repentino enrubescer, uma sorridente serenidade após uma repentina expressão sombria. Quem sabe quantas vezes, andando pela rua com o pai e a mãe, não se sente machucada a cada som de riso, e quantas vezes não experimenta a estranha sensação que até aquele vestidinho azul de seda suíça muito leve, lhe pese como um hábito de freira e que o chapéu de palha lhe esmague a cabeça; e a tentação de rasgar aquela seda azul, de arrancar da cabeça aquela palha, amassá-la com as duas mãos e jogá-la... no rosto da mãe? não... no rosto do pai, então? não..., no chão, no chão, pisando-a. Porque sim, parece uma palhaçada, uma farsa obscena, andar assim vestida, como uma pessoa de bem, como uma senhorita que se ilude estar fazendo seu papel, ou que talvez demonstre ter algum belo sonho na mente, quando depois, em casa e até na rua, o que há de mais sórdido, de mais brutal, de mais selvagem na vida irá aparecer e saltar fora, nas discussões quase diárias entre seus pais, para sufocá-la de tristeza, vergonha e nojo.

Parece-me que já esteja profundamente convencida de que no mundo, assim como o criam e criam ao redor dela seus pais, com seu cômico aspecto, com o grotesco ridículo daquele ciúme furioso, com a desordem de suas vidas, não pode existir lugar, ar e luz para a sua graça. Como poderia a graça se destacar, respirar, se iluminar com alguma tênue cor alegre e ousada, em meio àquele ridículo que a detém, sufoca e escurece?

É como uma borboleta ainda viva cruelmente presa com um alfinete. Não ousa bater as asas, não só porque não espera se libertar, mas também, e principalmente, para não se mostrar demais.

V

Acabei entrando em terreno vulcânico. Erupções e terremotos sem fim. Sabia-se que a senhora Nene era um vulcão grande, aparentemente coberto de neve, mas por dentro, em perfeita ebulição. Mas agora se descobriu, inesperadamente, e teve a primeira erupção, um vulcãozinho, em cujas entranhas o fogo estava à espreita, oculto e ameaçador, embora aceso só há alguns dias.

Causou o cataclismo uma visita do Polacco, esta manhã. Veio para insistir em sua tarefa de convencer o Nuti a sair de Roma e voltar a Nápoles, para concluir a convalescença, e depois talvez voltar a viajar para se distrair e se curar completamente; teve a ingrata surpresa de encontrar o Nuti em pé, cadavérico, com os bigodes já raspados para mostrar sua firme intenção de começar logo, hoje mesmo, a trabalhar como ator na Kosmograph.

Ele mesmo os raspou, assim que saiu da cama. Para todos nós também foi uma surpresa, porque até ontem à noite o médico lhe recomendara calma absoluta, repouso, e que não deixasse o leito, a não ser por algumas horinhas de manhã; e ontem à noite ele respondera que sim, que obedeceria a essa prescrição.

Ficamos de boca aberta ao vê-lo diante de nós tão barbeado, desfigurado, com aquela cara de morto, ainda não bem seguro sobre as pernas, elegantissimamente vestido.

Cortara-se um pouco, barbeando-se, no canto esquerdo da boca; e os coágulos de sangue, escuros sobre a ferida, destacavam-se na sombria palidez do rosto. Os olhos, que agora parecem enormes, com as pálpebras inferiores esticadas pela magreza, mostrando o branco do globo sob o círculo da córnea, tinham diante do nosso espanto doloroso uma expressão atroz, quase má, de desgosto profundo, de ódio.

— Mas como! — exclamou o Polacco.

Ele contraiu o rosto, quase arreganhando os dentes e levantou as mãos, com um tremor nervoso em todos os dedos; depois, em voz muito baixa, aliás quase sem voz, disse:

— Deixe-me, deixe-me fazer!

— Mas se você nem se aguenta em pé! — gritou o Polacco.

Ele se voltou para olhá-lo, ameaçadoramente:

— Posso. Não me aborreça. Preciso... preciso sair... um pouco de ar.

— Talvez seja um pouco cedo... — tentou observar Cavalena — se... se me permite...

— Estou dizendo que quero sair! — interrompeu-o Nuti, só atenuando com uma tentativa de sorriso a irritação que transparecia de sua voz.

Essa irritação vem da vontade de se livrar dos cuidados que até agora dedicamos a ele e que nos deram (não a mim, na verdade) a ilusão de que ele, de algum modo, já nos pertencia, fosse um pouco nosso. Ele sente que essa vontade é refreada em respeito ao débito de gratidão para conosco, e não vê outro meio de romper esse laço de respeito a não ser mostrando despeito e desprezo pela sua saúde e sua salvação, de modo que surja em nós o desprezo pelos cuidados a que nos entregamos, e esse desprezo, afastando-o de nós, acabe com o débito de gratidão. Quem está nesse estado de ânimo não ousa olhar os outros no rosto. E ele, esta manhã, não conseguiu olhar no rosto de nenhum de nós.

Polacco, diante de uma tão firme resolução, não viu outra alternativa a não ser colocar ao redor dele para assisti-lo e, se preciso, protegê-lo, quantos de nós fosse possível, e principalmente uma que mais do que todos se mostrara piedosa e a quem, por isso, ele devia mais respeito; e, antes de sair com ele, pediu insistentemente a Cavalena para ir encontrá-lo logo na Kosmograph, com a senhorita Luisetta e comigo. Disse que a senhorita Luisetta não podia deixar pela metade aquele filme, de que tomara parte por acaso, o que seria um verdadeiro pecado, porque, na opinião de todos, naquele breve e não fácil papelzinho, demonstrara uma maravilhosa atitude que podia lhe render, através dele, um contrato na Kosmograph, um ganho fácil, certo, muito digno, na companhia do pai.

Vendo Cavalena aprovar com entusiasmo a proposta, estive várias vezes a ponto de me aproximar dele e lhe puxar disfarçadamente o casaco.

O que eu temia, de fato aconteceu.

A senhora Nene supôs que o marido tivesse tramado a visita matutina do Polacco, a repentina resolução do Nuti, a proposta de contratação à filha, para ir se deleitar com as jovens atrizes da Kosmograph. E, assim que o Polacco saiu com o Nuti, o vulcão teve uma tremenda erupção.

Cavalena, de início, tentou enfrentá-la, alegando a preocupação pelo Nuti que evidentemente — como não entender isso, meu Deus? — sugerira ao Polacco a proposta de contratação. O quê? Estava se lixando para o Nuti? Ele também estava se lixando! Que o Nuti quebrasse o pescoço cem vezes, se uma não bastasse! Era preciso aproveitar a sorte daquela proposta de contratação para Luisetta! Isso a comprometeria? Como poderia ser comprometê-la sob os olhos do pai?

Mas logo, por parte da senhora Nene, acabaram as razões e começaram as injúrias, os vitupérios, com tanta violência, que Cavalena, ao final, indignado, exasperado, furioso, saiu de casa.

Corri atrás dele pelas escadas, pela rua, tentando de todos os modos detê-lo, repetindo não sei quantas vezes:

— Mas o senhor é médico! Mas o senhor é médico!

Que médico, que nada! Nesse momento era uma fera que fugia enfurecida. E precisei deixá-lo fugir, para não continuar gritando pela rua.

Voltará quando se cansar de correr, quando de novo a sombra do seu tragicômico destino, ou da consciência, parar à sua frente com o pergaminho desenrolado da antiga láurea de Medicina.

Enquanto isso, respirará um pouco, fora.

Ao voltar, encontrei, para minha grande e dolorosa surpresa, o vulcãozinho em erupção; numa erupção tão violenta, que o grande vulcão grosso estava quase atordoado.

A senhorita Luisetta não parecia mais ela! Todo o desgosto acumulado por muitos anos, desde a infância transcorrida sem nunca um sorriso em meio às brigas e ao escândalo; todas as vergonhas que a fizeram assistir, ela jogava na cara da mãe e nas costas do pai que fugia. Ah, agora a mãe se preocupava em não comprometê-la? Quando por muitos anos, com aquela estúpida, vergonhosa loucura, destruíra irreparavelmente sua existência! Sufocada pela náusea, pelo nojo de uma família, da qual ninguém podia se aproximar sem zombaria! Não seria comprometê-la o fato de mantê-la ligada àquela vergonha? Ela não ouvia como todos riam dela e do pai? Chega! Chega! Chega! Ela não queria mais a tortura daqueles risos; queria se livrar daquela vergonha, fugir pela rua que estava à sua frente, sem ser procurada, pois nada poderia lhe acontecer de pior! Fugir, fugir!

Voltou-se para mim inflamada e vibrante:

— Acompanhe-me, senhor Gubbio! Vou pegar o chapéu e vamos embora logo!

Correu ao seu quarto. Eu me voltei para olhar a mãe. Ela estava sem palavras diante da filha que afinal se rebelava para esmagá-la com uma condenação que repentinamente ela mais do que merecia, já que sabia que a preocupação pelo comprometimento da filha, no fundo, era só uma desculpa para impedir ao marido de acompanhá--la à Kosmograph; agora, na minha frente, com a cabeça baixa, as mãos no peito, tentava, com um gemido aflito, liberar o pranto retido em suas entranhas contraídas.

Senti pena.

De repente, antes que a filha voltasse, tirou as mãos do peito e as juntou em súplica, sem poder falar, com o rosto contraído à espera do pranto que ainda não conseguia libertar. Assim, com aquelas mãos, me disse o que com a boca certamente não teria dito. Depois levou as mãos ao rosto e se virou quando a filha chegou.

Eu mostrei a ela, piedosamente, a mãe que se dirigia soluçando para seu quarto.

— O senhor quer que eu vá sozinha? — ameaçou com raiva a senhorita Luisetta.

— Eu gostaria — respondi, pesaroso —, que antes pelo menos se acalmasse um pouco.

— Vou me acalmar no caminho — disse. — Vamos, vamos!

E, pouco depois, sentados num coche no começo da via Veneto, acrescentou:

— O senhor vai ver que certamente encontraremos papai na Kosmograph.

Por que ela quis fazer essa observação? Para me liberar da preocupação da responsabilidade que me fazia assumir, obrigando-me a acompanhá-la? Então não está bem certa de ser livre para agir como quiser. De fato, logo continuou:

— O senhor acha que é possível viver assim?

— Mas se é uma mania! — observei. — Se é, como diz seu pai, uma forma típica de paranoia?

— Está bem, sim, mas justamente por isso! É possível viver assim? Quando se têm essas desgraças, não há mais um lar, não há mais família, mais nada. É uma violência contínua, um desespero, creia! Eu não posso mais! O que fazer? Como parar isso? Um foge daqui e outro de lá. Todos veem, todos sabem. Nossa casa é aberta. Não há nada para a proteger! É como se estivéssemos numa praça. É uma vergonha! Uma vergonha! Além disso, quem sabe! Talvez, opondo violência com violência, ela se livre dessa mania que faz todos enlouquecerem! Pelo menos vou fazer alguma coisa... vou ver, me mexer... me livrar dessa humilhação, desse desespero!

Tinha vontade de lhe perguntar que, se por tantos anos suportara esse desespero, por que, agora, de repente, uma tão feroz rebelião?

Se, logo depois daquele papelzinho representado no Bosque Sagrado, Polacco tivesse proposto contratá-la na Kosmograph, ela não se negaria quase com horror? Mas claro! Mesmo estando a sua família nas mesmas condições.

Agora, entretanto, aqui estava ela, correndo comigo para a Kosmograph! Por desespero? Sim, mas não por causa daquela sua mãe sem paz.

Como ficou pálida, a ponto de desmaiar, assim que seu pai, o pobre Cavalena, transtornado, apareceu na entrada da Kosmograph para dizer que "ele", Aldo Nuti, não estava lá, e que o Polacco telefonara à Diretoria dizendo que não viria naquele dia, de modo que só nos restava voltar.

— Eu, infelizmente, não — disse para Cavalena. — Preciso ficar, já estou muito atrasado. O senhor acompanhará a senhorita para casa.

— Não. Não, não, não! — gritou imediatamente Cavalena. — Ela ficará comigo o dia todo, depois a trarei aqui, e o senhor me fará o favor de acompanhá-la para casa, senhor Gubbio, ou ela irá sozinha. Eu não colocarei mais os pés na minha casa! Já chega! Chega! Chega!

E foi embora, acompanhando o protesto com um gesto expressivo de cabeça e das mãos. A senhorita Luisetta seguiu o pai, mostrando claramente nos olhos não ver mais a razão do que havia feito. Como estava fria a mãozinha que me estendeu, e como estava ausente o olhar e vazia a voz, quando se voltou para me cumprimentar e dizer:

— Até mais tarde...

Caderno Sexto

I

A polpa das peras de inverno é doce e fria, mas muitas vezes, aqui e ali, se endurece em alguns nós azedos. Os dentes estão para morder, encontram aquele duro e se retraem. Assim é a nossa situação, que poderia ser doce e fria, pelo menos para dois de nós, se não sentíssemos o empecilho de algo azedo e duro.

Vamos juntos, há três dias, toda manhã, a senhorita Luisetta, Aldo Nuti e eu, à Kosmograph.

Entre mim e Nuti, a senhora Nene confia a mim, e não ao Nuti, a filha. Mas esta, entre o Nuti e eu, certamente parece andar mais com o Nuti do que comigo. No entanto:

eu vejo a senhorita Luisetta e não vejo o Nuti;

a senhorita Luisetta vê o Nuti e não me vê;

o Nuti não vê nem a mim, nem a senhorita Luisetta.

Assim vamos, os três, lado a lado, mas sem nos vermos uns aos outros.

A confiança da senhora Nene deveria me irritar, deveria... – o que mais? Nada. Deveria me irritar, deveria me humilhar, mas não me irrita, não me humilha. Me comove. Como que para me fazer mais despeito.

Então, penso na razão dessa confiança, para tentar vencer a desprezível comoção.

Por um lado, é certamente um extraordinário atestado de incapacidade; por outro, de capacidade. Esta – refiro-me ao atestado de capacidade – poderia, de algum modo, me lisonjear, mas o certo é que não me foi dada pela senhora Nene sem uma leve ponta de comiseração zombeteira.

Para ela, um homem incapaz de fazer o mal não pode ser um homem. De modo que a minha outra capacidade nem deve ser de homem.

Parece que não se pode deixar de fazer o mal, para ser considerado homem. Por mim mesmo, eu sei bem, muito bem, que sou homem: já fiz o mal, e muito! Mas parece que os outros não querem perceber. E isso me dá raiva. Me dá raiva porque, obrigado a ter esse certificado de incapacidade — que é, que não é — às vezes me vejo vestido com uma belíssima capa de hipocrisia imposta pelos outros. E quantas vezes bufo debaixo dessa capa! Nunca tanto, certamente, como nestes dias. Quase tenho vontade de olhar a senhora Nene nos olhos de um certo modo que... Não, não, pobre mulher! Amansou tanto, de repente, está tão atordoada, aliás, depois daquela bronca da filha e dessa resolução repentina de ser atriz de cinema! É preciso vê-la de manhã, quando, pouco antes de sairmos, vem até mim pelas costas da filha levantando as mãos furtivamente, com olhos piedosos:

— Cuide dela —, sussurra-me.

Assim que chegamos à Kosmograph a situação muda e fica muito séria, apesar de encontrarmos toda manhã, na entrada — pontualíssimo e tremendo de ansiedade —, Cavalena. Já lhe contei, anteontem e ontem, da mudança da esposa, mas Cavalena ainda não demonstra querer voltar a ser médico. Qual nada! Longe disso! Anteontem e novamente ontem, ele assumiu diante de meus olhos um ar distraído, como que para não se deixar afetar pelo que eu estava lhe dizendo.

— Ah, sim? Bom, bom... — disse. — Mas eu, por hora... Como disse? Não, desculpe, pensei... Estou contente, sabe? Mas se volto, tudo acaba. Deus me livre! Agora, aqui, é preciso consolidar a posição de Luisetta e a minha.

Sim, consolidar: pai e filha estão como que no ar. Acho que a vida deles poderia ser fácil, cômoda e se desenvolver numa doce e serena paz. Há o dote da mãe; Cavalena, homem capaz, poderia tranquilamente exercer sua profissão; não haveria necessidade de estranhos em casa, e a senhorita Luisetta, no parapeito da janela de uma calma casinha ao sol, poderia graciosamente cultivar como flores os mais belos sonhos de uma jovem. Não, senhores! Esta que deveria ser a realidade, como todos a veem, pois todos reconhecem que a senhora Nene não tem qualquer razão para atormentar o marido, esta que deveria ser a realidade, é um sonho. A realidade, ao contrário, deve ser outra, muito distante desse sonho. A realidade é a loucura da senhora Nene. E na realidade dessa loucura — que é, por força, desordem angustiada, exasperada —, pularam fora de casa, perdidos, incertos, esse pobre homem e essa pobre menina. Querem se consolidar, os dois, nessa realidade de loucura, e estão vindo aqui, há dois dias, juntos, mudos e tristes, vagando pelos palcos e pelos pátios.

Cocò Polacco, a quem junto com o Nuti se dirigem assim que entram, disse-lhes que não há nada para fazer no momento. Mas o contrato está em curso e o pagamento acontece. Por enquanto, como temporária, porque a senhorita Luisetta dá-se ao trabalho de vir, mesmo que não atue.

Mas esta manhã, finalmente, fizeram-na atuar. Polacco entregou-a ao seu colega diretor de cena Bongarzoni para um papelzinho num filme a cores, ambientado no século XVIII.

Trabalho, nestes dias, com o Bongarzoni. Assim que chego à Kosmograph entrego a senhorita Luisetta ao pai, entro no Departamento do Positivo para pegar a minha máquina e muitas vezes acontece-me de não ver por horas e horas nem a senhorita Luisetta, nem o Nuti, nem o Polacco, nem o Cavalena. De modo que não sabia que o Polacco dera ao Bongarzoni a senhorita Luisetta para aquele papelzinho. Fiquei impressionado ao vê-la aparecer diante de mim como se tivesse saído de um quadro de Watteau.

Estava com a Sgrelli, que recém terminara de vesti-la com cuidado e com amor no guarda-roupa das vestimentas antigas, e apertava com um dedo sobre a face uma pinta de seda que não queria grudar bem. O Bongarzoni fez-lhe muitos elogios e a pobre menina se esforçava para sorrir sem sacudir muito a cabeça, com medo que desmoronasse o enorme penteado. Não conseguia mexer as pernas dentro daquele vestido de seda bufante.

A cena era esta: uma escadaria externa que desce num canto do parque. A dama sai de um terraço fechado por vidros, desce dois degraus, debruça-se na balaustrada para espiar longe, o parque, tímida, perplexa, numa ansiedade medrosa; depois, desce depressa os outros degraus e esconde um bilhete, que tem na mão, debaixo de uma planta de louro, no vaso que fecha a balaustrada.

— Atenção, rodando!

Nunca rodei com tanta delicadeza a manivela da minha maquineta. Esta grande aranha negra sobre tripés já a tivera como alimento duas vezes. Mas a primeira vez, lá no Bosque Sagrado, a minha mão, ao rodar para lhe dar de comer, ainda não sentia. Dessa vez, porém...

Ah, estou arruinado se a minha mão se mete a sentir! Não, senhorita Luisetta, não: é preciso que a senhorita não faça mais esse trabalho. Mas sei por que o faz! Todos dizem, até o Bongarzoni esta manhã, que a senhorita tem uma rara predisposição natural para a arte cênica, e eu também digo isso, sim, mas não por esta manhã. Oh, a senhorita atuou como melhor impossível, mas sei bem, sei bem por que a senhorita soube tão maravilhosamente fingir a ansiedade medrosa depois de descer dois degraus e se debruçar na balaustrada olhando ao longe. Sei tão bem, que quase naquele momento também voltei para olhar para onde a senhorita olhava, para ver se, por acaso, não tivesse chegado naquele instante a Nestoroff.

Há três dias, aqui, a senhorita vive nessa ansiedade medrosa. Não só a senhorita, mas talvez ninguém mais do que a senhorita. De um momento a outro, realmente, a Nestoroff pode chegar. Ninguém a vê há nove dias. Mas está em Roma, não partiu. Só Carlo Ferro partiu, com outros cinco ou seis atores e o Bertini, para Taranto.

No dia em que Carlo Ferro partiu (já faz quase duas semanas), Polacco veio me ver radiante, como se tivesse tirado um peso do peito.

— Eu não disse, menino? Ele vai até o inferno, se ela quiser!

— Desde que — respondi — não a vejamos chegar de repente, como uma bomba. Mas já é grande coisa, realmente, e ainda inexplicável para mim, que ele tenha partido. Ainda ressoam em meus ouvidos as palavras dele:

— Posso ser uma fera diante de um homem, mas como homem diante de uma fera não valho nada!

No entanto, com a consciência de não valer nada, por capricho, não deu para trás, não se recusou a enfrentar a fera; agora, diante de um homem, fugiu. Porque é certo que sua partida, no dia seguinte à chegada do Nuti, tem todo o aspecto de uma fuga.

Não quero negar que a Nestoroff tenha o poder de obrigá-lo a fazer o que ela quiser. Mas ouvi rugirem nele, justamente por essa vinda do Nuti, as fúrias do ciúme. A raiva de que o Polacco o tenha designado para matar o tigre não veio só pela suspeita de que ele, o Polacco, quisesse, com esse recurso, desembaraçar-se dele, mas, principalmente, pela suspeita de que tenha feito vir de propósito, ao mesmo tempo, o Nuti para que ele pudesse livremente reaver a Nestoroff. E me pareceu que não está seguro dela. Então, por que partiu?

Não, não: ali embaixo, sem dúvida, tem um acordo; esta partida deve esconder uma armadilha. A Nestoroff não conseguiria convencê-lo a partir mostrando ter medo de perdê-lo, deixando-o aqui, de alguma forma, esperando alguém que certamente vinha com o deliberado propósito de desafiá-lo. Por esse medo ele não teria partido. Se tanto, ela o teria acompanhado. Se ela ficou e ele partiu, deixando o campo livre ao Nuti, quer dizer que algum acordo deve ter sido feito entre eles, tramada uma rede tão sólida e segura que ele pôde comprimir e refrear debaixo dela os ciúmes. Ela não deve ter tido nenhum medo e, feito o acordo, exigiu dele essa prova de confiança, que fosse deixada aqui sozinha diante do Nuti. De fato, por muitos dias depois da partida de Carlo Ferro, ela veio à Kosmograph, evidentemente preparada para se encontrar com ele. Não podia vir por outra coisa, livre como está agora de qualquer compromisso profissional. Não veio mais quando soube que o Nuti estava gravemente enfermo.

Mas agora, de um momento ao outro, pode voltar.

O que acontecerá?

Polacco está de novo nervoso. Não sai do lado do Nuti; se deve deixá-lo por um tempo, antes lança escondido um olhar de entendimento para Cavalena. Mas o Nuti está bem calmo, apesar de, por alguma leve contrariedade, de vez em quando fazer certos gestos que demonstram uma exasperação violentamente reprimida, até parece ter saído daquela melancolia dos primeiros dias de convalescença, deixa-se conduzir aqui e ali pelo Polacco e por Cavalena, mostra alguma curiosidade de conhecer de perto este mundo do cinema e visitou atentamente, com ar de um severo inspetor, os dois departamentos.

Polacco, para distraí-lo, propôs duas vezes que ele fizesse algum papel. Recusou-se, dizendo que antes quer se habituar um pouco vendo como fazem os outros.

— É uma pena — observou ontem na minha frente, depois de ter assistido à encenação de um quadro —, e também deve ser um esforço que desgasta, altera e exagera as expressões, a mímica sem a palavra. Falando, o gesto surge espontâneo, mas sem falar...

— Se fala por dentro — respondeu-lhe com uma seriedade maravilhosa a pequena Sgrelli (a Sgrellina, como aqui todos a chamam). — Se fala por dentro, para não forçar o gesto...

— Sim — fez o Nuti, como que prevendo o que ela estava para dizer.

A Sgrellina então apontou o indicador para a testa e olhou todos ao redor com um falso ar de tola, que perguntava com graciosíssima malícia:

— Sou inteligente, sim ou não?

Todos rimos, inclusive o Nuti. Polacco por pouco não a beijou. Talvez espere que ela, estando aqui o Nuti no lugar de Gigetto Fleccia, pense que ele deva substituir o outro também no amor dela e consiga fazer o milagre de afastá-lo da Nestoroff. Para aumentar e dar bastante alimento a essa esperança, apresentou-o a todas as jovens atrizes das quatro companhias, mas parece que o Nuti, mesmo se mostrando gentil com todas, não deu o mínimo sinal de querer se distrair. De resto, todas as outras, mesmo se já não fossem mais ou menos comprometidas, evitariam fazer alguma ofensa à Sgrellina. E quanto à Sgrellina, por sua vez, aposto que já percebeu que ofenderia uma certa senhorita que há três dias vem à Kosmograph com o Nuti e com o Rodando.

Quem não percebe? Só o Nuti! No entanto, suspeito que ele também tenha percebido. Mas isso é estranho, e gostaria de achar um meio de fazê-lo notar para a senhorita Luisetta, de que o sentimento dela provoque nele um efeito contrário ao que ela aspira, que o afasta dela e o faz tender com mais tormento à Nestoroff. Porque certamente agora o Nuti se lembra de ter visto nela, no delírio, Duccella, e como sabe que ela não pode e não quer amá-lo, o amor que vê nela deve lhe parecer forçosamente fingimento, já não mais piedoso, já que o delírio passou, mas impiedoso: uma lembrança ardente, que lhe agrava a chaga.

É impossível fazer com que a senhorita Luisetta entenda isso.

Preso com o tenaz sangue de uma vítima ao amor por duas mulheres diferentes que o rejeitam, o Nuti não pode ter olhos para ela; pode ver nela o engano, a Duccella falsa, que por um momento apareceu-lhe no delírio, mas agora o delírio passou, o que foi engano piedoso tornou-se para ele recordação cruel, tanto mais quanto mais vê persistir nela a sombra daquele engano.

E assim, em vez de segurá-lo, a senhorita Luisetta, com essa sombra de Duccella, expulsa-o, empurra-o mais cego para a Nestoroff.

Para ela, antes de mais nada, depois para ele, e enfim – por que não? –, para mim também, não vejo outro remédio a não ser uma tentativa extrema, quase desesperada: partir para Sorrento, reaparecer depois de tantos anos na antiga casa dos avós, para despertar em Duccella a primeira recordação de seu amor e, se for possível, fazer com que ela venha dar corpo a essa sombra, que outra aqui, no lugar dela, sustenta desesperadamente com sua piedade e com seu amor.

II

Um bilhete da Nestoroff, esta manhã às oito (inesperado e misterioso convite para ir até ela junto com a senhorita Luisetta antes de ir à Kosmograph), fez-me adiar a partida.

Fiquei algum tempo com o bilhete na mão, sem saber o que pensar. A senhorita Luisetta, já pronta para sair, passou pelo corredor diante da porta do meu quarto; chamei-a.

— Veja. Leia.

Correu com os olhos para assinatura; ficou, como sempre, muito vermelha, depois muito pálida; terminando de ler, olhou-me com um olhar hostil e uma contração de dúvida e temor na fronte, e perguntou com voz abafada:

— O que será que ela quer?

Abri as mãos, não tanto por não saber o que responder, quanto para, antes, saber o que ela pensava.

— Não vou — disse, desanuviando-se. — O que ela pode querer de mim?

— Deve ter sabido — respondi —, que ele... o senhor Nuti está alojado aqui, e...

— E...?

— Talvez queira dizer alguma coisa, não sei... para ele...

— A mim?

— Imagino... para a senhorita também, se pede que me acompanhe...

Reprimiu um tremor no corpo, mas não conseguiu reprimi-lo na voz:

— E o que tenho a ver com isso?

— Não sei. Também não tenho nada a ver — fiz com que notasse. — Ela quer nós dois...

— O que será que ela tem a dizer a mim... para o senhor Nuti?

Dei de ombros e olhei-a com fria firmeza para fazer que voltasse a si e mostrar que ela, no que se referia propriamente à sua pessoa — ela como senhorita Luisetta —, não deveria ter nenhuma razão para sentir aquela aversão, aquele desprezo por uma senhora, cuja simpatia a agradara tanto antes.

Ela compreendeu; perturbou-se mais ainda.

— Suponho — acrescentei —, que se ela quer falar também com a senhorita, deve ser para o seu bem, aliás, certamente é isso. A senhorita se espanta...

— Por que... por que não consigo... imaginar... — começou a dizer, de início hesitante, depois com ímpeto, com o rosto em brasa —, o que ela tenha a me dizer, mesmo que, como o senhor supõe, para o meu bem. Eu...

— Quer ficar de fora do caso, como eu, não é? — cortei logo, ostentando uma frieza maior. — Pois bem, talvez ela acredite que a senhorita possa ajudar de algum modo...

— Não, não, ficar de fora, tudo bem — apressou-se a responder, chocada. — Quero ficar de fora e não ter nenhuma relação, no que se refere ao Nuti, com essa senhora.

— Faça como quiser — disse eu. — Vou sozinho. Não deve ser preciso que lhe diga que é prudente não falar nada desse convite ao Nuti.

— Oh, claro! — fez.

E se retirou.

Fiquei por muito tempo refletindo, com o bilhete na mão, sobre a atitude que tomaria, sem querer nesse breve diálogo, com a senhorita Luisetta.

As boas intenções atribuídas à Nestoroff por mim não tinham outra razão além da decidida recusa da senhorita Luisetta em me acompanhar numa manobra secreta que ela instintivamente sentiu que estava dirigida contra Nuti. Eu defendi a Nestoroff só pelo fato de ela, ao convidar a senhorita Luisetta para ir à sua casa comigo, pareceu-me pretender separá-la do Nuti, fazendo-a minha companheira, supondo-a minha amiga.

Mas agora, em vez de se separar do Nuti, a senhorita Luisetta separava-se de mim e me fazia ir sozinho à casa da Nestoroff. Nem por um momento parou para considerar que tinha sido convidada comigo; jamais pensara em ser minha companheira; só vira o Nuti, só pensara nele; e minhas palavras certamente não tiveram outro efeito senão o de me aliar à Nestoroff contra o Nuti e, por consequência, contra ela também.

Exceto que, tendo falhado o objetivo pelo qual eu atribuíra à Nestoroff boas intenções, eu recaía na perplexidade de antes e, ainda por cima, tomado por uma surda irritação, sentia-me muito desconfiado com a Nestoroff. A irritação era pela senhorita Luisetta, porque, tendo falhado o objetivo, via-me obrigado a reconhecer que ela, no fundo, tinha razão para desconfiar. Enfim, de repente parecia-me evidente que me bastava ter como companheira a senhorita Luisetta para vencer qualquer desconfiança. Sem ela, a desconfiança agora tomava conta de mim, e era a desconfiança de quem sabe que de um instante a outro pode ser pego numa armadilha preparada com sutilíssima astúcia.

Com esse estado de espírito fui até a Nestoroff, sozinho. Mas também me impelia uma curiosidade ansiosa de saber o que me diria e o desejo de vê-la de perto, em casa, apesar de não esperar dela nem da casa qualquer revelação de intimidade. Entrei em muitas casas desde que perdi a minha, e em quase todas, esperando que viesse o dono ou a dona, senti um estranho sentimento de incômodo e ao mesmo tempo de pena, vendo móveis mais ou menos ricos, dispostos com arte, como que à espera de uma representação. Talvez eu sinta essa pena, esse incômodo mais do que os outros, porque permanece inconsolável no fundo da minha alma a saudade da minha antiga casinha, onde tudo emanava intimidade, onde os moveizinhos velhos, amorosamente cuidados, convidavam à singela informalidade familiar e pareciam contentes de conservar as marcas que o uso lhes havia feito, porque essas marcas, se os tinham desgastado um pouco, danificado um pouco, eram lembranças da vida vivida com eles, da qual eles tinham participado. Mas realmente não consigo compreender como não devam dar, senão exatamente pena, incômodo certos móveis com os quais não ousamos ter nenhuma familiaridade, porque parecem estar ali para advertir com sua rígida fragilidade elegante que não devemos nos deixar levar pelo nosso enfado, pela nossa dor, pela nossa alegria, nem nos ansiarmos ou nos debatermos, nem nos sobressaltarmos, mas nos restringirmos às regras da boa educação. Casas feitas para os outros, em vista do papel que queremos representar na sociedade; casas de aparência, em que os móveis que nos rodeiam podem nos envergonhar, se por acaso num momento nos surpreendemos com roupa ou atitude não condizente com essa aparência e fora do papel que devemos representar.

Eu sabia que a Nestoroff morava num caro apartamentinho mobiliado na via Mecenate. A camareira (sem dúvida já avisada da minha visita) fez-me entrar na sala, mas o aviso a desconcertou um pouco, pois esperava me ver com uma senhorita. Vocês, para as pessoas que os conhecem, que são muitas, só tem a realidade de suas calças claras ou de seu sobretudo marrom ou dos seus bigodes à inglesa. Eu, para a camareira, era alguém que devia vir com uma senhorita. Sem a senhorita, eu podia ser outro. Razão pela qual de início fui deixado diante da porta.

— Sozinho? E a sua amiguinha? — perguntou a Nestoroff pouco depois, na sala. Mas a pergunta, chegando à metade, entre sua e amiguinha decaiu, ou melhor, arrefeceu numa imprevista alteração de sentimento. A "amiguinha" quase não foi pronunciada.

Essa imprevista alteração de sentimento foi causada pela palidez do meu rosto atônito, pelo olhar dos meus olhos arregalados num espanto quase atroz.

Olhando para mim, ela logo compreendeu a causa da minha palidez e do meu assombro, e também ficou palidíssima; seus olhos se turvaram estranhamente, faltou-lhe a voz e todo seu corpo tremeu como se eu fosse um fantasma.

A ascensão daquele seu corpo a uma vida prodigiosa, numa luz com que ela nem em sonho pudera imaginar ser banhada e aquecida, numa transparente e triunfal harmonia com a natureza ao seu redor, da qual certamente seus olhos nunca tinham visto a profusão de cores, repetia-se seis vezes, por milagre de arte e de amor, naquela sala, em seis telas de Giorgio Mirelli.

Fixada ali para sempre, naquela realidade divina que ele lhe dera, naquela divina luz, naquela divina fusão de cores, o que era a mulher que estava à minha frente? Em que asqueroso descolorido, em que miséria de realidade caíra? E ousara tingir com aquela estranha cor de cobre os cabelos, que ali nas seis telas, davam com sua cor natural tanta serenidade de expressão ao seu rosto absorto, de sorriso vago, de olhar perdido no encanto de um triste sonho distante?

Ela se fez humilde, fechou-se como que por vergonha, sob o meu olhar que certamente exprimia um desdém penoso. Pelo modo com que me olhou, pela contração dolorosa das sobrancelhas e dos lábios, por toda a postura do corpo, compreendi que ela não só sentia merecer meu desdém, mas o aceitava e ficava grata, porque nesse desdém, compartilhado por ela, sentia o castigo de seu crime e de sua queda. Se consumira, pintara os cabelos, reduzira-se àquela realidade miserável, convivia com um homem grosseiro e violento, para se martirizar, era claro; e queria que ninguém se aproximasse dela para tirá-la daquele desprezo a que se havia condenado, no qual colocava seu orgulho, porque só com essa firme e forte intenção de se desprezar sentia-se ainda digna do sonho luminoso, no qual vivera por um momento e do qual lhe restava o testemunho vivo e perene no prodígio daquelas seis telas.

Não os outros, não o Nuti, mas ela, só ela, por si, fazendo uma desumana violência a si mesma, arrancara-se desse sonho, decaíra. Por quê? Ah, a razão, talvez, seja de se buscar distante, em outro lugar. Quem conhece os caminhos da alma? Os tormentos, as sombras, as imprevistas funestas resoluções? A razão, talvez, se devesse buscar no mal que os homens lhe tinham feito desde menina, nos vícios em que se perdera durante a primeira juventude errante, e que em seu próprio conceito tinham-lhe ferido o coração até sentir que ele não era mais digno que um jovem com seu amor o resgatasse e enobrecesse.

Diante dessa mulher tão decaída, certamente infelicíssima e pela sua infelicidade inimiga de todos, e mais, de si mesma, assaltou-me repentinamente um desgosto e uma náusea pela vulgar mesquinhez dos casos em que eu estava envolvido, pela gente com que passei a tratar, pela importância que tinha lhes dado, por suas ações e seus sentimentos! Como me pareceu estúpido e grotesco aquele Nuti em sua trágica frivolidade de figurino de moda todo amassado e sujo em sua elegância engomada, cheia de sangue! Estúpidos e grotescos os dois Cavalena, marido e mulher! Estúpido o Polacco, com aquele ar de comandante invencível! E estúpido sobretudo o meu papel, o papel de consolador que assumira de um lado e de guardião do outro e, no fundo da alma, de salvador forçado de uma pobre menina, à qual a triste e ridícula desordem de sua família também a fizera assumir um papel quase idêntico ao meu, isto é, de salvadora oculta de um jovem que não queria ser salvo!

De repente, por essa náusea, me senti alienado de todos, de tudo, até de mim mesmo, liberado e esvaziado de qualquer interesse por tudo e por todos, reconduzido ao meu ofício de manobrar impassível uma maquineta filmadora, recapturado somente pelo meu primeiro sentimento, isto é, que todo esse fragoroso e vertiginoso mecanismo da vida, só pode produzir estupidez. Estupidez asfixiante e grotesca! Que homens, que enredos, que paixões, que vida, num tempo como este? A loucura, o crime, ou a estupidez. Vida de cinema! Aqui, essa mulher à minha frente com os cabelos acobreados. Lá, nas seis telas, a arte, o sonho luminoso de um jovem que não podia viver num tempo como este. Aqui a mulher caída desse sonho, caída da arte, no cinema. Rápido, uma maquineta para filmar! Haverá um drama aqui? Aí está a protagonista.

— Atenção, rodando!

III

A mulher, por ter compreendido pela expressão do meu rosto o desdém, compreendeu a náusea e o desgosto em mim, e a disposição de espírito que se seguira.

O desdém a agradara, talvez porque pretendesse se valer dele para seu fim secreto, submetendo-se a ele sob meus olhos com ar de melancólica humildade. O desgosto, a náusea não a desgostaram, talvez porque, e mais do que eu, também os sentisse. Não gostou da minha frieza inesperada, de me ver repentinamente reconduzido ao hábito da minha profissional impassibilidade. E ela também se enterneceu, olhou-me friamente nos olhos e disse:

— Esperava vê-lo junto com a senhorita Cavalena.

— Mostrei-lhe o bilhete — respondi. — Ela já estava pronta para ir à Kosmograph. Pedi que viesse comigo...

— Ela não quis?

— Não acreditou. Talvez por hospedar...

— Ah — fez, jogando a cabeça para trás. — Mas — acrescentou —, eu a tinha convidado justamente por isso, por hospedar.

— Fiz com que notasse — disse.

— E não acreditou que lhe conviesse vir?

Abri os braços.

Ela ficou um tempo absorta, pensando, depois, quase suspirando, disse:

— Eu errei. Naquele dia, lembra-se? Naquele dia em que fomos juntos ao Bosque Sagrado, ela me pareceu gentil e até contente de estar ao meu lado... Entendo que ainda não hospedava. Desculpe, mas o senhor também não se hospeda lá?

Sorriu, para me ferir, dirigindo-me essa pergunta quase à traição. E na verdade, apesar do meu propósito de permanecer alheio a tudo e a todos, me senti ferir. Tanto que respondi:

— Mas entre dois hóspedes, a senhora bem sabe, pode-se preferir um a outro.

— Eu pensava o contrário — disse. — Ela não lhe agrada?

— Não agrada nem desagrada, senhora.

— É mesmo? Desculpe, não tenho o direito de duvidar da sua sinceridade. Mas eu me propunha ser sincera com vocês, hoje.

— E eu vim...

— Por que a senhorita Cavalena, como o senhor diz, quis demonstrar que prefere o outro hóspede?

— Não, senhora. A senhorita Cavalena disse que quer ficar fora disso.

— O senhor também?

— Eu vim.

— E lhe agradeço muitíssimo. Mas veio sozinho! E isso – talvez eu esteja errada de novo – não me inspira confiança, não porque pense, veja bem, que o senhor também, como a senhorita Cavalena, prefira o outro hóspede; aliás, ao contrário...

— Como assim?

— Não só que o senhor não se importe nada com o outro hóspede, mas que o senhor gostaria que lhe acontecesse algum mal, até pelo fato de que a senhorita Cavalena, não querendo vir com o senhor, demonstrou preferi-lo ao senhor. Entende?

— Ah, não, senhora! A senhora se engana! – exclamei incisivo.

— Não o contraria?

— Em nada. Isto é... sinceramente... me contraria, mas não mais por mim. Eu realmente me sinto alheio.

— Está vendo? – exclamou ela nesse ponto, me interrompendo. – Foi o que temi, vendo-o entrar sozinho. Confesse que o senhor não se sentiria assim alheio, se a senhorita tivesse vindo com o senhor...

— Mas se vim assim mesmo!

— Alheio.

— Não, senhora. Veja, eu fiz mais do que a senhora imagina. Falei bastante com aquele desgraçado e tentei lhe mostrar de todas as maneiras que não há nada a esperar depois do que aconteceu, pelo menos segundo o que ele mesmo diz.

— O que ele lhe disse? — perguntou a Nestoroff, determinada e sombria.

— Muitas bobagens, senhora — respondi. — Delira. E deve ser temido, acredite, principalmente porque é incapaz, em minha opinião, de qualquer sentimento realmente sério e profundo. Como mostra o fato de ter vindo aqui com certos propósitos...

— De vingança?

— Não propriamente de vingança. Nem ele sabe! É um pouco de remorso... um remorso que não gostaria de ter, do qual percebe apenas superficialmente a picada irritante, porque, repito, é incapaz de um arrependimento verdadeiro, de um arrependimento sincero, que poderia amadurecê-lo, fazê-lo recobrar o juízo. É um pouco a irritação desse remorso, intolerável; um pouco a raiva, ou melhor, (a raiva seria muito forte para ele) digamos a zanga, uma zanga amarga, não confessada, de ter sido enganado...

— Por mim?

— Não. Ele não quer confessar!

— Mas o senhor acha?

— Acho, senhora, que a senhora nunca o tenha levado a sério e tenha se servido dele para se separar de...

Não quis proferir o nome: levantei a mão para as seis telas. A Nestoroff enrugou as sobrancelhas, baixou a cabeça. Fiquei olhando-a por um tempo e, decidido a ir até o fim, insisti:

— Ele fala em traição. Da traição de Mirelli, que se matou por causa da prova que ele quis lhe dar de que é fácil obter da senhora (desculpe) aquilo que Mirelli não conseguira obter.

— Ah, ele disse isso? — perguntou, sobressaltada, a Nestoroff.

— Disse isso, mas confessa não ter obtido nada da senhora. Delira. Quer se agarrar à senhora, pois continuando assim — diz — enlouquecerá.

A Nestoroff olhou-me quase com horror.

— O senhor o despreza? — perguntou.

Respondi:

— Certamente não o aprecio. Pode me causar desdém, pode também me causar compaixão.

Levantou-se de um salto, como que puxada por um ímpeto irrefreável:

— Eu desprezo — disse —, aqueles que sentem compaixão.

Respondi com calma:

— Compreendo muito bem esse sentimento na senhora.

— E me despreza?

— Não, senhora, ao contrário!

Voltou-se para me olhar; sorriu com amargo despeito:

— Então me admira?

— Admiro na senhora — respondi —, o que nos outros talvez provoque desdém; o desdém que a senhora mesmo quer causar nos outros, para não lhes provocar compaixão.

Voltou a me olhar mais fixamente; chegou muito perto de mim e perguntou:

— E com isso, em certo sentido, o senhor não quer dizer que também tem compaixão de mim?

— Não, senhora. Admiração. Porque a senhora sabe se punir.

— Ah, sim? O senhor compreende isso? — disse, com o rosto alterado e com um tremor, como se tivesse sentido um calafrio inesperado.

— Há algum tempo, senhora.

— Contra o desprezo de todos?

— Talvez justamente pelo desprezo de todos.

— Eu também percebi isso há algum tempo — disse, estendendo-me a mão e apertando forte a minha. — Obrigada.

Mas também sei punir, acredite! — acrescentou imediatamente, ameaçadora, retirando a mão e levantando-a no ar com o dedo esticado. — Também sei punir, sem compaixão, porque nunca a quis para mim e não quero!

Começou a passear pela sala, repetindo:

— Sem compaixão... sem compaixão...

Depois, parando:

— Está vendo? — disse-me com olhos malévolos. — Eu não admiro o senhor, por exemplo, que sabe vencer o desdém com a compaixão.

— Nesse caso, não deveria admirar nem a si mesma — disse eu sorrindo. — Pense um pouco e diga por que me convidou para vir aqui esta manhã?

— Acredita ser por compaixão daquele... desgraçado, como o senhor disse?

— Ou dele, ou de algum outro, ou da senhora mesma.

— De jeito nenhum! — negou com ímpeto. — Não! Não! O senhor se engana! Nenhuma compaixão, por ninguém! Quero ser esta, quero ficar assim. Convidei-o para vir para que o faça entender que não tenho compaixão dele e nunca terei!

— No entanto, não quer lhe fazer mal.

— Quero lhe fazer mal, justamente, deixando-o onde e como está.

— Mas se a senhora é assim tão sem compaixão, não lhe faria maior mal trazendo-o para o seu lado? Mas, ao contrário, a senhora quer afastá-lo...

— Porque eu, eu, que quero ficar assim! Faria maior mal a ele, sim, mas faria um bem a mim, porque me vingaria dele, em vez de me vingar de mim. E que mal o senhor acha que poderia vir de alguém como ele? Não o quero, entende? Não porque tenha compaixão dele, mas porque gosto de não ter compaixão de mim. Não me importa o mal dele nem me importa fazer-lhe um mal maior. Basta o que ele já tem. Que vá chorar lá longe! Eu não quero chorar.

— Receio — disse eu —, que ele também não tenha mais vontade de chorar.

— E o que ele quer fazer?

— Bem! Não sendo, como lhe disse, capaz de nada, no estado em que está, poderia ser capaz de tudo.

— Não tenho medo dele, não tenho medo dele! Está vendo? É isso! Convidei-o para vir para lhe dizer isso, para fazê-lo entender isso e para que o senhor, por sua vez, faça-o entender. Não temo que me possa vir dele algum mal, nem mesmo se me matasse, nem mesmo se, por causa dele, eu devesse acabar na prisão! Também corro esse risco, o senhor sabe! Deliberadamente também me expus a esse risco. Porque sei com quem me meto. E não temo. Iludi-me de sentir um pouco de temor; me entreguei a essa ilusão, para afastar daqui alguém que ameaçava violências contra mim, contra todos. Não é verdade. Agi friamente, não por temor! Qualquer mal, mesmo esse, seria menor para mim. Outro crime, a prisão, a própria morte, seriam males menores para mim do que o mal que sofro agora e no qual quero permanecer. Problema dele se tenta suscitar em mim um pouco de compaixão por mim mesma ou por ele. Não tenho! Se o senhor se compadece dele, o senhor que tem tanta compaixão por todos, faça, faça com que vá embora! É isso que desejo do senhor, justamente porque não temo nada!

Disse-me isso mostrando em todo o corpo a inquietação desesperada por não sentir realmente o que gostaria de sentir.

Fiquei um tempo numa perplexidade cheia de horror, de angústia e de admiração; depois voltei a abrir os braços e, para não prometer em vão, falei-lhe do meu propósito de ir à casinha de Sorrento.

Ela me escutou recolhida, talvez para atenuar a mágoa que a lembrança daquela casinha e das duas mulheres tristes lhe causava; fechou os olhos dolorosamente; negou com a cabeça; disse:

— O senhor não vai conseguir nada.

— Quem sabe! – suspirei. – Ao menos para tentar.

Apertou forte minha mão:

— Talvez – disse –eu também faça alguma coisa pelo senhor.

Olhei-a nos olhos, mais consternado do que curioso:

— Por mim? O quê?

Levantou os ombros; sorriu com pena.

— Disse que talvez... Alguma coisa. O senhor vai ver.

— Agradeço – acrescentei. – Mas não vejo o que a senhora pode fazer por mim. Sempre pedi muito pouco da vida, e menos ainda pretendo pedir agora. Aliás, não lhe peço mais nada, senhora.

Despedi-me e saí com o espírito em suspenso por essa promessa misteriosa.

O que ela irá fazer? Friamente, como eu havia suposto, ela fez Carlo Ferro ir embora, mesmo prevendo sem qualquer temor, nem para si, nem para ele, nem para os outros, que ele de um momento a outro possa aparecer aqui até para cometer um crime. E pode, nessa previsão, pensar em fazer algo por mim? O quê? O que tenho eu a ver com toda essa triste embrulhada? Pretende me envolver de alguma forma nisso? E como? Não pôde entrever nada de mim, a não ser a amizade distante por Giorgio Mirelli e agora um sentimento vão pela senhorita Luisetta. Não pode me julgar por essa amizade com alguém já morto, nem por esse sentimento que agora morre em mim.

No entanto, quem sabe? Não consigo me tranquilizar.

IV

A casinha.

Era aquela? É possível que seja aquela?

Entretanto, de mudado, não havia nada, ou bem pouco. Só aquele portão um pouco mais alto, aqueles dois pilares um pouco mais altos no lugar dos pilarezinhos de antigamente, de um dos quais vô Carlo mandara arrancar a placa de mármore com seu nome.

Mas podia aquele portão novo ter mudado assim toda a aparência da casinha antiga?

Eu reconhecia que era aquela, e me parecia impossível que fosse; reconhecia que permanecera tal e qual, e por que então me parecia outra?

Que tristeza! A lembrança que tenta se refazer vida e não se encontra mais nos lugares que parecem mudados, que parecem outros, porque o sentimento mudou, o sentimento é outro. Mas eu acreditava ter ido àquela casinha com meu sentimento de então, com meu coração de antes!

Bem sabendo que os lugares não têm outra vida, outra realidade fora daquela que nós lhes damos, eu me via obrigado a reconhecer com horror, com desgosto infinito: – Como mudei! – A realidade agora é esta. É outra.

Toquei a sineta. Outro som. Mas já não sabia mais se dependia de mim ou porque a sineta era outra. Que tristeza!

Apareceu um velho jardineiro, sem casaco, as mangas arregaçadas até os cotovelos, com o regador na mão e um chapelão sem abas na cabeça, acalcado no cocuruto como um solidéu de padre.

– Dona Rosa Mirelli?

– Quem?

— Morreu?

— Fala de quem?

— Dona Rosa...

— Ah, se está morta? Quem sabe?

— Não está mais aqui?

— Não sei de qual dona Rosa o senhor está falando. Não vive aqui. Aqui vive Pérsico, dom Filippo, o cavaliere.

— É casado? Dona Duccella?

— Não, senhor. É viúvo. Mora na cidade.

— Então aqui não tem ninguém?

— Só eu, Nicola Tavuso, jardineiro.

As flores das duas sebes ao longo da alameda de entrada, vermelhas, amarelas, brancas, estavam imóveis e como que pintadas no ar límpido e silencioso, ainda gotejando da rega recente. Flores nascidas ontem, mas naquelas sebes antigas. Olhei-as: me desalentaram; diziam que realmente Tavuso estava ali, agora, por elas, que as regava bem todas as manhãs, e lhe eram gratas: frescas, sem odor, risonhas com todas aquelas gotas d'água.

Por sorte, apareceu uma velha camponesa, peituda, barriguda, bunduda, enorme sob uma grande cesta de verduras, com um olho fechado pela pálpebra inchada e vermelha, e outro muito vivo, límpido, azul, brilhando de lágrimas.

— Dona Rosa? Ah, a antiga dona... Não vive aqui há muitos anos... Viva, sim, senhor, pobrezinha, como não? Velhinha... com a neta, sim, senhor... dona Duccella, sim, senhor... Boa pessoa! Toda de Deus... Não quis saber do mundo, nada... Venderam a casa, sim, senhor, há muitos anos para dom Filippo, a ratazana...

— Pérsico, o cavaliere.

— Vamos, dom Nicò, que dom Filippo é conhecido! Venha comigo, meu senhor, que o levo até dona Rosa, ao lado da igreja nova.

Antes de ir, olhei uma última vez a casinha. Não era mais nada; de repente, mais nada; como se eu tivesse repentinamente a vista enevoada. Estava lá: pequenina, velha, vazia... mais nada! Então, talvez... vó Rosa, Duccella... Nada mais, nem elas? Sombras de sonho, minhas doces sombras, minhas sombras queridas, e nada mais?

Senti frio. Uma dureza nua, surda, gélida. As palavras daquela camponesa gorda: — Boa pessoa! Toda de Deus... Não quis saber do mundo... — Senti a igreja nelas: dura, nua, gélida. Em meio ao verde que não sorria mais... E então?

Deixei-me guiar. Não sei que longa conversa se seguiu sobre dom Filippo, apelidado de ratazana, porque... um porquê que não acabava nunca... no governo passado... ele não, o pai dele... também um homem de Deus, mas... dele, pelo menos o que se dizia... — E com o cansaço, no cansaço, andando, muitas impressões de realidade desagradável, dura, nua, gélida..., um asno cheio de moscas que não queria andar, a rua suja, um muro rachado, o suor fétido daquela mulher gorda... Ah, que tentação de voltar à estação e pegar o trem! Estive para fazê-lo duas, três vezes; me segurei; disse: — Vejamos!

Uma escadinha estreita, imunda, úmida, quase escura; e a velha que gritava lá debaixo:

— Em frente, vá em frente... No segundo andar...

A sineta está quebrada, senhor... Bata forte; é surda; bata forte.

Como se eu fosse surdo... — Aqui? — dizia para mim, subindo. — Como vieram parar aqui? Caíram na miséria? Talvez, duas mulheres sozinhas... Aquele dom Filippo...

No patamar do segundo andar, duas portas velhas, baixas, recém pintadas. Numa delas pendia o cordãozinho gasto da sineta. A outra não tinha. Esta ou aquela? Bati primeiro nesta, forte, com a mão, uma, duas, três vezes. Tentei puxar a sineta da outra: não tocava. Aqui, então? E bati aqui, forte, três vezes, quatro vezes... Nada!

Mas como? Duccella estava surda? Ou não estava em casa com a avó? Bati mais forte. Estava para ir embora quando ouvi pela escada os passos pesados e o arquejo de alguém que subia com dificuldade. Uma mulher atarracada, vestida com uma daquelas roupas que se usam por promessa, com o cordãozinho da penitência: roupa cor de café, promessa à Nossa Senhora do Carmo. Na cabeça e nos ombros, a mantilha de renda negra, na mão, um grosso livro de rezas e a chave de casa.

Parou no patamar e me olhou com os olhos claros, apagados no rosto branco, gorda, com o queixo flácido: na boca, dos dois lados, nos cantos da boca, alguns pelinhos. Duccella.

Era o que bastava; gostaria de fugir! Ah, se ao menos continuasse com aquele ar apático, apalermado, com que parou à minha frente no patamar, ainda arquejando um pouco! Mas não, quis me fazer festa, quis ser graciosa — ela, agora, assim — com aqueles olhos que não eram mais dela, com aquele rosto gordo e descorado de freira, com aquele corpo atarracado, obeso, e uma voz, uma voz e certos sorrisos que eu não reconhecia mais: festa, elogios, cerimônias, como por uma grande condescendência que eu lhe fizesse; quis a qualquer custo que eu entrasse para ver a avó que ficaria encantada com a honra... sim, sim...

— Entre, por favor, entre...

Para tirá-la da minha frente, eu teria lhe dado um empurrão, mesmo com o risco de fazê-la rolar pela escada! Que martírio! Que coisa! Aquela velha surda, aparvalhada, sem nenhum dente na boca, com o queixo pontiagudo que se projetava horrivelmente até debaixo do nariz, mastigando no vazio, e a língua pálida que aparecia entre os lábios flácidos e enrugados, e aqueles óculos grandes, que lhe aumentavam monstruosamente os olhos vazios, operados de catarata, entre os ralos cílios longos como antenas de inseto!

— O senhor conseguiu uma posição (com o doce zê napolitano) — a "posi-zão".

Só me disse isso. Fui embora sem que nem por sombra, por um momento, me passasse pela cabeça iniciar a conversa pela qual viera. O que dizer? O que fazer? Por que pedir notícias delas? Se realmente tinham caído na miséria, como pelo aspecto da casa se podia ver? Conformadíssimas com tudo, aparvalhadas e felizes com Deus! Ah! Que horror, a fé! Duccella, a flor vermelha... vó Rosa, o jardim da casinha com flores de dama da noite...

No trem, pareceu-me correr em direção à loucura, na noite. Em que mundo eu estava? Aquele meu companheiro de viagem, homem de meia idade, de preto, com olhos ovais como que de esmalte, os cabelos brilhantes de creme, ele sim era deste mundo; firme e bem posto no sentimento de sua tranquila e bem cuidada bestialidade, entendia tudo com perfeição, sem se inquietar com nada; sabia bem tudo o que lhe importava saber, aonde ia, porque viajava, a casa onde entraria, o jantar que o esperava. Mas eu. Do mesmo mundo? A viagem dele e a minha... a noite dele e a minha... Não, eu não tinha tempo, nem mundo, nem nada. O trem era dele; ele viajava ali. Por que eu também viajava ali? Como eu também estava no mundo em que ele estava? Como, no que era minha aquela noite, se não tinha como vivê-la, nada a fazer? A noite dele e todo o tempo que tinha aquele homem de meia idade, que agora afrouxava um pouco entediado o branquíssimo colarinho engomado. Não, nem mundo, nem tempo, nem nada. Eu estava fora de tudo, ausente de mim mesmo e da vida; não sabia mais onde estava e porque estava lá. Tinha imagens dentro de mim, não minhas, de coisas, de pessoas; imagens, rostos, corpos, recordações de pessoas, de coisas que nunca foram a minha realidade, fora de mim, no mundo que aquele senhor via ao seu redor e tocava. Também acreditei vê-las, tocá-las, mas qual!

Nada era verdade! Não as encontrei mais, porque nunca existiram: sombras, sonhos... Mas como puderam ter vindo à minha mente? De onde? Por quê? Será que eu também existia? Existia um eu que agora não existe mais? Não, aquele senhor de meia idade dizia-me que não, que existiam os outros, cada um a seu modo, com seu mundo e com seu tempo: eu não, não existia; entretanto, não existindo não saberia dizer onde estava realmente e que coisa eu era, assim sem tempo e sem mundo.

Eu não entendia mais nada. E nada entendi, quando, chegando a Roma e em casa, por volta de dez da noite, encontrei na sala de jantar, felizes, como se nada tivesse acontecido, como se uma nova vida tivesse começado durante a minha ausência, Fabrizio Cavalena, voltando a ser médico e voltando à família, Aldo Nuti, a senhorita Luisetta e a senhora Nene, jantando juntos.

Como? Por quê? O que acontecera?

Não pude me livrar da impressão de que estivessem assim felizes e reconciliados para zombar de mim, para me recompensar com o espetáculo daquela sua felicidade pela pena que tivera deles; não só isso, mas que, sabendo o ânimo com que eu iria voltar daquele passeio, entraram em acordo para me transtornar totalmente, fazendo com que eu encontrasse aqui também uma realidade que eu jamais teria esperado.

Mais do que todos, ela, a senhorita Luisetta, me causava desgosto, a senhorita Luisetta que fazia a Duccella amorosa, aquela Duccella, flor vermelha, de quem eu tanto falara! Eu poderia gritar na cara dela como havia encontrado agora aquela Duccella, e que parasse, por Deus, com aquela comédia, que era uma indigna e grotesca contaminação! Para ele também, para o senhorzinho, que parecia ter voltado ao de muitos anos atrás por mágica, gostaria de gritar na cara como e onde encontrara Duccella e vó Rosa.

Parabéns a todos! Aquelas duas pobrezinhas lá, felizes com Deus, e felizes vocês aqui com o diabo! O caro Cavalena, claro, voltou a ser médico, e também menino, maridinho ao lado da esposinha! Não, obrigado, não há lugar para mim entre vocês, fiquem tranquilos, não se incomodem, não tenho vontade de comer nem de beber! Posso dispensar isso tudo. Desperdicei por vocês um pouco do que realmente não me serve; vocês sabem; um pouco daquele coração que realmente não me serve; porque me serve somente a mão, não precisam me agradecer! Aliás, desculpem se os incomodei. O erro foi meu, que quis me envolver. Fiquem tranquilos, fiquem tranquilos e boa noite.

CADERNO SÉTIMO

I

Entendi agora.

Perturbar-se? Mas não, vamos, por quê? Tanta vida passou e o passado está lá longe, morto. Agora a vida é aqui, esta: outra. Pátios, ao redor, e palcos; os edifícios fora de mão, quase no campo, em meio ao verde e ao azul, de uma casa de cinema. E ela, aqui, atriz agora... Ele também é ator? Oh, vejam! Então colegas? Muito bem, prazer...

Tudo bem, tudo liso como óleo. A vida. Esse ciciar da saia de seda azul, agora, com essa estranha túnica de renda brancas, e esse chapeuzinho alado, como o capacete do deus do comércio, sobre os cabelos cor de cobre... isso! A vida. Alguns pedriscos remexidos com a ponta da sombrinha; e um breve silêncio, com os olhos vagos, fixos na ponta daquela sombrinha que remexe aquele pouco de pedriscos.

– Como? Ah, sim, querido: um grande tédio.

Talvez, sem dúvida, ontem deve ter acontecido isso durante a minha ausência. A Nestoroff, com aqueles olhos vagos, estranhamente abertos, foi à Kosmograph de propósito, para se encontrar com ele; apareceu na frente dele com ar de nada, como se vai até um amigo, a um conhecido que se encontra por acaso depois de muitos anos; e a borboletinha, sem suspeitar da aranha, começou a bater as asas ao seu redor, toda exultante.

Mas por que a senhorita Luisetta não percebeu nada?

Bem, essa satisfação a senhora Nestoroff não terá. Ontem, a senhorita Luisetta, para comemorar o retorno do pai para casa não foi com o senhor Nuti à Kosmograph. E a senhora Nestoroff não pôde ter o prazer de mostrar àquela senhorita orgulhosinha, que um dia antes não quisera aceitar o seu convite, como assim que ela queira, pode tirar do lado de qualquer senhorita orgulhosinha, e pegar de volta todos os senhorzinhos loucos que ameaçam tragédias, pst! assim, com um estalar de dedos, e amansá-los logo, embriagá-los somente com o ciciar de uma saia de seda e um pouco de pedrisco remexido com a porta da sombrinha. Tédio, sim, um grande tédio, claro, porque não teve esse prazer, a senhora Nestoroff o queria muito.

À noite, sem saber de nada, a senhorita Luisetta viu voltar para casa o senhorzinho com outro ar, mudado, alegre. Como poderia imaginar que aquela mudança e aquela alegria pudessem derivar do encontro com a Nestoroff, se sempre pensa com terror nesse encontro, vê vermelho, negro, um alvoroço, a loucura, a tragédia? Ele estava assim mudado, assim alegre pelo retorno do papai para casa?

A senhorita Luisetta não pode acreditar que se importe muito com o retorno do papai para casa, não, mas que sinta prazer e vontade de se juntar à alegria dos outros, por que não? Como explicar então essa alegria? É preciso sermos gratos, ficarmos alegres, porque essa alegria demonstra de algum modo que seu espírito ficou mais leve, mais aberto, de maneira a poder acolher facilmente a alegria dos outros.

Certamente a senhorita Luisetta deve ter imaginado isso. Ontem, não hoje.

Hoje ela veio à Kosmograph comigo, com o rosto anuviado. Descobrira, com muita surpresa, que o senhor Nuti saíra de casa muito cedo, ainda escuro. Não queria me demonstrar, no caminho, seu mau-humor e consternação, depois do espetáculo que me dera na noite anterior de sua felicidade, e me perguntou onde eu estivera ontem e o que fizera. – Eu? Fiz um pequeno passeio... – E me divertira? – Oh, muito! Ao menos no início. Depois... – coisas que acontecem! Ajeitamos tudo bem para um passeio agradável; acreditamos ter pensado em tudo, arranjado tudo para que seja tranquilo, sem acidentes para estragá-lo, mas infelizmente sempre tem alguma coisa, entre tantas, que não pensamos, uma coisa que nos escapa... – por exemplo, no caso de uma família com muitas crianças que queira ir merendar no campo num belo dia, o par de sapatinhos do segundo menino tem um prego, coisa de nada, um preguinho no calcanhar que precisaria rebater. A mãezinha lembrou-se disso assim que se levantou, mas depois, o que fazer?, entre tantas coisas para preparar para o passeio, esqueceu. E o par de sapatinhos, com as duas linguetas para cima, como as orelhas erguidas de um coelho, alinhado em meio aos outros pares, bem engraxados e prontos para as crianças calçarem, fica lá e parece gozar em silêncio do desgosto que dará à mãezinha que se esqueceu deles e que agora, no último momento está muito ocupada, muito atrapalhada, porque papai já está ao pé da escada e grita para andar logo e todas as crianças também gritam para andar logo, impacientes. O par de sapatinhos, quando a mãezinha o pega para calçar rapidamente o menino, zomba:

– Ei, cara mãezinha, está vendo? Não pensou em mim, e vai ver que estragarei tudo. No meio do caminho começarei a picar com o preguinho o pé de seu pequeno e o farei chorar e mancar.

Pois bem, também me aconteceu uma coisa semelhante. Não, nenhum preguinho nos sapatos para rebater. Outra coisa me escapou... – O quê? – Nada: outra coisa... Não quero contar. Outra coisa, senhorita Luisetta, que talvez há muito tempo já se tenha estragado dentro de mim.

Não poderia dizer que a senhorita Luisetta estivesse prestando muita atenção. E, no caminho, enquanto deixava os lábios falarem, eu pensava: "Ah, você não presta atenção, cara menina, no que estou dizendo? Minha desventura deixa-a indiferente? Você verá com qual ar de indiferença eu, por minha vez, para pagar com a mesma moeda, receberei o desgosto que a espera, entrando na Kosmograph comigo. Você vai ver!".

De fato, depois de nem cinco passos no recanto arborizado diante do primeiro edifício da Kosmograph, estão lado a lado, como dois dulcíssimos amigos, o senhor Nuti e a senhora Nestoroff: esta, com a sombrinha aberta, apoiada e girando no ombro.

Com que olhos a senhorita Luisetta voltou-se para me olhar! Então eu:

— Está vendo? Passeiam tranquilos. Ela faz a sombrinha girar.

Tão pálida, a pobre menina ficou tão pálida, que temi que caísse no chão, desmaiada: instintivamente estendi a mão para segurar seu braço; retirou o braço com raiva e me olhou nos olhos. Certamente suspeitou que fosse obra minha, minha manobra (quem sabe? talvez de acordo com o Polacco), aquela tranquila e doce reconciliação do Nuti com a senhora Nestoroff, fruto da visita que fiz a essa senhora dois dias antes e também talvez do meu misterioso afastamento de ontem. Deve ter lhe parecido uma covarde zombaria toda essa maquinação secreta, que imaginou num lampejo. Fazê-la temer como iminente por muitos e muitos dias uma tragédia se aqueles dois se encontrassem; fazê-la imaginar tanto terror; fazê-la sofrer tanto tormento para aplacar a fúria dele com um engano piedoso, que tanto lhe custara, por quê? Para oferecer-lhe como prêmio final aquele delicioso quadro do plácido passeio matinal daqueles dois sob as árvores? Oh, que covardia! Por isso? Pelo gosto de zombar de uma pobre menina que havia levado tudo a sério, jogada no meio daquela intriga suja e vulgar? Ela não esperava nada de bom nas cômicas e tristes condições da sua vida, mas por que isso? Por que a zombaria? Era vil!

Foi o que me disseram os olhos da menina. Podia eu lhe mostrar naquele instante que sua suspeita era injusta, que a vida é assim, hoje mais do que nunca, feita para oferecer esses espetáculos, e que eu não tinha nenhuma culpa?

Eu endurecera, agradava-me que ela pagasse a injustiça da suspeita sofrendo com aquele espetáculo lá, com aquela gente lá, à qual tanto eu quanto ela, sem que nos pedissem, havíamos dado algo de nós, que agora nos doía por dentro, ofendida, ferida. Mas nós merecíamos! E agora, tê-la como companheira nisso me agradava, enquanto aqueles dois passeavam lá, sem nem nos ver. – Indiferença, indiferença, senhorita Luisetta, vamos! Com licença – tinha vontade de lhe dizer –, vou pegar a minha maquineta para me postar logo aqui, como é minha obrigação, impassível.

Eu tinha nos lábios um sorriso estranho, que era quase o rosnar de um cão. Olhava para o portão do edifício ao fundo, de onde saíam, ao nosso encontro, Polacco, Bertini e Fantappié. Repentinamente aconteceu o que na verdade era de se esperar, e que dava razão à senhorita Luisetta de tremer assim, e me culpava por querer ficar indiferente. Minha máscara de indiferença foi obrigada a se desfazer rapidamente, à ameaça de um perigo que pareceu a todos realmente iminente e terrível. Vi-o primeiro luzir no rosto do Polacco, que se aproximara com o Bertini e Fantappié. Falavam entre eles, certamente daqueles dois que continuavam a passear sob as árvores, e os três riam por alguma farpa saída da boca de Fantappié, quando de repente os três pararam na nossa frente com os rostos brancos, os olhos arregalados. Mas vi terror principalmente no rosto do Polacco. Voltei-me para olhar para trás: – Carlo Ferro!

Vinha por trás de nós, ainda com o boné de viagem na cabeça, como descera naquele momento do trem. Aqueles dois, no entanto, continuavam a passear lá, juntos, sem suspeitar de nada, sob as árvores. Ele os viu? Não sei. Fantappié teve a presença de espírito de gritar forte:

— Oh, Carlo Ferro!

A Nestoroff se voltou, deixou ali o companheiro, e então se viu — grátis — o espetáculo comovente de uma domadora que em meio ao terror dos espectadores avança de encontro a uma fera furiosa. Avançou calmamente sem pressa, ainda com a sombrinha aberta no ombro e um sorriso nos lábios que nos dizia, sem nem se dignar a um olhar: "Para que medo, imbecis! Eu estou aqui!". E um olhar que nunca poderei esquecer, próprio de quem sabe que todos devem ver que nenhum temor tem lugar em quem olha e se adianta assim. O efeito daquele olhar no rosto feroz, no corpo desalinhado, nos passos nervosos de Carlo Ferro foi notável. Não vimos o rosto, vimos aquele corpo quase murchar e os passos desacelerarem à medida que o fascínio operava mais de perto. O único sinal de que ela também estivesse um pouco agitada era que começou a falar em francês.

Nenhum de nós olhou para onde Aldo Nuti havia ficado sozinho, deixado entre as árvores. Mas de repente percebi que uma de nós, ela, a senhorita Luisetta, olhava para lá, olhava para ele, e talvez não tivesse olhado outra coisa, como se para ela o terror estivesse lá e não naqueles dois que nós olhávamos, em suspense e espantados.

Mas não aconteceu nada, no momento. Rompendo a tempestade, fazendo muito barulho, caiu sobre o pátio, justamente a tempo, como um trovão providencial, o comendador Borgalli junto com muitos sócios da Casa e empregados da Administração. Bertini e o Polacco, que estavam conosco, foram repreendidos, mas as ferozes represões do diretor geral também se referiam aos outros dois diretores artísticos ausentes. — Os trabalhos estavam devagar! Nenhum critério diretivo; uma grande confusão; balbúrdia, balbúrdia! Quinze, vinte roteiros deixados de lado: as companhias espalhadas aqui e ali, enquanto há já algum tempo se dissera que todas deveriam estar juntas e prontas para o filme do tigre, para o qual milhares e milhares de liras tinham sido gastas! Uns na montanha, outros no mar, uma maravilha! Por que manter ainda ali o tigre? Ainda faltava toda a parte do ator que devia matá-lo? E onde estava esse ator? Ah, chegou agora? E como? Onde estava?

Atores, figurantes, cenógrafos, uma multidão saíra de todas as partes aos gritos do comendador Borgalli, que teve a satisfação de medir assim quão grande era sua autoridade e quão temida e respeitada, pelo silêncio que toda aquela gente manteve e depois se espalhou, quando ele terminou a seu discurso, ordenando:

— Ao trabalho! Vamos, ao trabalho!

Desapareceram do pátio, como que antes submersos por aquele afluxo de gente, depois levados embora pelo refluxo desta – digamos – dramática situação de pouco antes, lá, a Nestoroff e Carlo Ferro, mais adiante o Nuti, sozinho, afastado, sob as árvores. O pátio ficou vazio. Ouvi a senhorita Luisetta chorando ao meu lado:

— Oh, Deus, oh, Deus – e retorcia as mãozinhas. – Oh, Deus, e agora? O que irá acontecer agora?

Olhei-a irritado, mesmo assim tentei confortá-la:

— O que quer que aconteça? Fique tranquila! Não viu? Tudo combinado... Pelo menos tenho essa impressão. Sim, fique tranquila! Esse retorno de surpresa do Ferro... Aposto que ela sabia. Talvez ela mesma tenha lhe telegrafado ontem para vir, de propósito, para que a visse ali em conversa amigável com ele, com o senhor Nuti. Pode acreditar que é assim.

— Mas, e ele? Ele?

— Ele quem? O Nuti?

— Se é tudo uma brincadeira daqueles dois...

— Teme que ele perceba?

— Sim! Sim!

E a pobre menina voltou a retorcer as mãozinhas.

— E daí? E se ele perceber? — disse eu. — Fique tranquila que não fará nada. Creia que isso também é calculado.

— Por quem? Por ela? Por aquela mulher?

— Por aquela mulher. Primeiro deve ter se certificado bem, falando com ele, que o outro podia chegar a tempo, sem perigo para ninguém, fique tranquila! Senão, o Ferro não teria vindo.

Vingança. Essa minha afirmação continha uma profunda desestima pelo Nuti; se a senhorita Luisetta queria se tranquilizar, devia aceitá-la. A senhorita Luisetta gostaria muito de se tranquilizar, mas nessas condições não quis. Sacudiu violentamente a cabeça: não, não.

Então, nada! Mas na verdade, por mais confiança que tivesse na sagacidade fria, no poder da Nestoroff, lembrando-me agora da fúria desesperada do Nuti, nem eu me sentia bem seguro de que se devesse preocupar com ele. Mas esse pensamento fazia crescer minha irritação, já iniciada pelo espetáculo daquela pobre menina assustada. Contra a resolução de colocar e manter toda aquela gente diante da minha maquineta como alimento para lhe dar de comer girando impassível a manivela, também me via obrigado a me interessar por eles, a me preocupar com seus problemas. Também recebi as ameaças, os ferozes protestos da Nestoroff, que ela não temia nada de ninguém, porque qualquer outro mal — um novo crime, a prisão, a própria morte — ela considerava males menores do que aquele que sofria em segredo e no qual queria permanecer. Talvez tenha se cansado de permanecer nele? Devia-se a isso a resolução que tomara ontem, durante a minha ausência, de ir ao encontro do Nuti, contrariando o que me dissera um dia antes?

— Nenhuma compaixão — ela me dissera —, nem por mim, nem por ele!

Teve compaixão de si mesma repentinamente? Dele, certamente não! Mas compaixão de si mesma, para ela, queria dizer livrar-se, mesmo a custo de um crime, da punição que se deu convivendo com Carlo Ferro. Resolutamente, de repente, foi até o Nuti e mandou vir Carlo Ferro.

O que ela quer? O que irá acontecer?

Aconteceu que, ao meio-dia, sob o pergolado do restaurante, onde — parte fantasiados de índios e parte de turistas ingleses — tinham-se juntado muitos atores e atrizes das quatro companhias. Todos estavam, ou fingiam estar, nervosos e agitados pela bronca dada aquela manhã pelo comendador Borgalli, e há algum tempo perturbavam Carlo Ferro, fazendo-o entender claramente que aquela bronca era devida a ele, por ter colocado, de início, tantas pretensões tolas e depois tentado se esquivar do papel que lhe fora atribuído no filme do tigre, partindo, como se realmente existisse um grande risco em matar um animal humilhado por tantos meses de prisão: seguro de cem mil liras, acordos, condições etc. Carlo Ferro estava sentado a uma mesa, afastada, com a Nestoroff. Estava amarelo; parecia claramente que fazia esforços enormes para se conter; todos esperavam que de um momento a outro ele explodisse, atacasse. Por isso, primeiro ficamos espantados quando, em vez dele, outro, com quem ninguém se preocupava, explodiu de repente e atacou, indo até a mesa onde estavam o Ferro e a Nestoroff. Ele, o Nuti, palidíssimo. No silêncio pleno de expectativa violenta, ouviu-se um pequeno grito de susto, ao qual logo respondeu um gesto, imperioso, da mão de Varia Nestoroff no braço de Carlo Ferro.

O Nuti disse, olhando Ferro firmemente nos olhos:

— Quer me ceder o seu lugar e o seu papel? Comprometo-me diante de todos a assumi-los sem acordos e sem condições.

Carlo Ferro não se levantou nem se atirou contra o provocador. Para espanto de todos, se abaixou, estendeu-se insolentemente sobre a cadeira, deitou a cabeça para um lado, como que olhando de cima para baixo, então levantou um pouco braço que aquela mão segurava, dizendo à Nestoroff:

— Por favor...

Depois, dirigindo-se ao Nuti:

— O senhor? O meu papel? Com muito prazer, caro senhor! Porque eu sou um grande covarde... tenho um medo que o senhor não imagina. Com prazer, com prazer, caro senhor!

E riu, como nunca vi ninguém rir assim.

Essa risada provocou um calafrio em todos, e em meio ao calafrio geral e sob a chicotada daquela risada, o Nuti ficou perdido, certamente com o ânimo vacilante no ímpeto que o impelira contra o rival e que agora caía assim, diante dessa acolhida insolente e zombeteiramente remissiva. Olhou ao redor, e então, repentinamente, ao verem aquele rosto pálido perdido, todos começaram a rir forte, a rir forte dele, irrefreavelmente. A tensão angustiante desfazia-se assim, nessa enorme risada de alívio, às costas do provocador. Exclamações de escárnio saltavam aqui e ali, como esguichos em meio ao fragor da risada: — Que papelão! — Caiu na armadilha! — Ratinho!

O Nuti teria feito melhor se começasse a rir com os outros, mas, infelizmente, quis continuar naquele papel ridículo, buscando com os olhos alguém para se segurar e permanecer à tona em meio a essa tempestade de hilaridade, e balbuciava:

— Então... então, acertado?... Eu farei... Acertado!

Mas eu também, apesar de sentir pena, logo tirei os olhos dele para olhar para a Nestoroff, que tinha nos olhos dilatados um riso de luz perverso.

II

Caiu na armadilha. É tudo. A Nestoroff só queria isso, nada mais: que ele entrasse na jaula.

Para quê? Parece-me fácil entender pelo modo com que ela ajeitou as coisas, isto é, que todos, primeiro, desprezando Carlo Ferro, que ela convencera ou obrigara a se afastar, dissessem que não se corria nenhum risco ao entrar naquela jaula, de maneira que depois parecesse mais ridícula por parte do Nuti a bravata de entrar lá, e dos risos com que essa bravata foi recebida o amor próprio dele saísse, senão exatamente salvo, o menos humilhado possível. Ou melhor, nada humilhado, pois, com a satisfação maligna que se costuma sentir ao ver cair um pobre pássaro numa arapuca, todos agora reconheciam que aquela arapuca não era algo agradável. Parabéns, portanto, para o Ferro que soube, às custas daquele passarinho, se livrar. Enfim, parece-me claro que ela quis engambelar o Nuti, demonstrando-lhe que queria poupar ao Ferro um pequeno aborrecimento e também a sombra de um perigo muito distante, como é o de entrar numa jaula para atirar num animal que todos disseram estar humilhado por muitos meses de prisão. Sim: ela o pegou pelo nariz e em meio aos risos de todos colocou-o naquela jaula.

Até os mais morais moralistas, sem querer, nas entrelinhas de suas fábulas deixam entrever uma viva compaixão pela astúcia da raposa em prejuízo do lobo, do coelho ou da galinha, e Deus sabe o que representa a raposa nessas fábulas! A moral que se retira delas é sempre esta: que o prejuízo e a zombaria é para os tolos, para os tímidos, para os simplórios, e que se deve prezar principalmente a astúcia, mesmo quando não alcança as uvas e diz que ainda não estão maduras. Bela moral! Mas a raposa sempre dá esse golpe nos moralistas, que, por mais que façam, nunca conseguem fazer dela uma má figura. Vocês riram da fábula da raposa e das uvas? Eu não, nunca. Porque nenhuma astúcia me pareceu mais sábia do que esta, que ensina a se curar de qualquer vontade, desprezando-a.

Digo isso agora – bem entendido – por mim, que gostaria de ser raposa e não sou. Não chamar a senhorita Luisetta de uva verde. E essa pobre menina, em cujo coração não consegui entrar, faz de tudo para que eu perca a razão junto a ela, a calma impassível, a bela sabedoria que me propus seguir muitas vezes, em suma, aquele meu tão vangloriado silêncio de coisa. Eu gostaria de desprezar a senhorita Luisetta, ao vê-la tão perdida atrás daquele tolo; não posso. A pobre menina não dorme mais, e vem me dizer no quarto todas as manhãs, com aqueles olhos que mudam de cor, ora azuis intensos, ora verdes pálidos, com a pupila que ora se dilata pelo espanto, ora se restringe a um pontinho em que parece cravado o espasmo mais agudo.

Eu lhe pergunto: – Não dorme? Por quê? –, levado por uma vontade perversa, que gostaria e não sei controlar, de fazê-la se irritar. A sua bela idade e a estação do ano deviam convidá-la a dormir. Não? Por quê? Sinto muito gosto em obrigá-la a me dizer que não dorme por ele, porque teme que ele... Ah, sim? Então: – Mas não, durma, porque tudo está bem, muito bem. Se visse com que empenho ele passou a representar o papel no filme do tigre! Muito bem, porque desde jovem ele dizia que se o avô tivesse permitido seria ator dramático; e não teria se enganado! Ótima aptidão natural; verdadeira elegância senhoril; perfeita compostura de *gentleman* inglês seguindo a pérfida *miss* em viagem às Índias! E precisa ver com que gentil docilidade aceita os conselhos dos atores profissionais, dos diretores Bertini e Polacco, e como se alegra com seus elogios! Portanto, nada de medo, senhorita. Tranquilíssimo... – Como se explica? – Talvez se explique assim, que nunca tendo feito nada, sorte dele, em sua vida, agora que, por coincidência, começou a fazer algo e exatamente aquilo que antes já gostaria de ter feito, pegou gosto, distrai-se, envaidecido.

Não? A senhorita Luisetta diz que não, teima em dizer que não, não, não; que não lhe parece possível; que não pode acreditar; que ele deve estar tramando algum violento propósito às escondidas.

Nada mais fácil, quando uma suspeita desse gênero se instala, do que ver em cada mínima ação um sinal revelador. E a senhorita Luisetta vê muitos! E veio me dizer no quarto esta manhã: — ele escreve — está sombrio — não olha — esqueceu-se de cumprimentar...

— Sim, senhorita: veja, hoje assoou o nariz com a mão esquerda e não com a mão direita!

A senhorita Luisetta não ri: me olha sombria para ver se falo sério, depois sai indignada e manda ao meu quarto o Cavalena, seu pai, que — eu noto — faz de tudo, pobre homem, para superar em minha presença a fortíssima consternação que a filha lhe passou, tentando chegar a considerações abstratas.

— A mulher! — diz, sacudindo as mãos. — O senhor, por sorte (e seja sempre assim, desejo de todo o coração, senhor Gubbio!), nunca encontrou em seu caminho a Inimiga. Mas veja eu! Como são tolos todos os que, ouvindo definir a mulher como "a inimiga", logo retruquem: "E a sua mãe? As suas irmãs? As suas filhas?", como se para o homem, que neste caso é filho, irmão, pai, elas fossem mulheres! Mulheres? Nossa mãe? É preciso que coloquemos nossa mãe diante de nosso pai, assim como nossas irmãs ou nossas filhas diante de seus maridos; então, sim, a mulher, a inimiga virá à tona! Há alguém mais querida para mim do que a minha pobre menina? Mas não tenho a mínima dificuldade em admitir, senhor Gubbio, que até ela, sim, a minha Sesé, possa se tornar, como todas as outras mulheres, diante de um homem, a inimiga. E não há bondade, não há compaixão que impeça, acredite! Quando, ao dobrar uma esquina, o senhor encontra justamente ela, aquela que chamo de inimiga, das duas uma: ou o senhor a mata, ou o senhor se submete como eu! Mas quantos são capazes de se submeter como eu? Deixe-me ao menos essa magra satisfação de afirmar que são pouquíssimos, senhor Gubbio, pouquíssimos!

Eu lhe respondo que estou plenamente de acordo.

— De acordo? — pergunta-me, então, Cavalena, com surpresa que se apressa em dissimular, pelo temor que eu possa, por esta surpresa, adivinhar a sua jogada. — De acordo?

E me olha timidamente nos olhos, como para surpreender o momento de escapar, sem estragar esse acordo, pela consideração abstrata do caso concreto. Mas eu logo o detenho.

— Oh, Deus, mas por que — lhe pergunto — quer forçosamente acreditar num firme empenho da senhora Nestoroff em ser a inimiga do senhor Nuti?

— Como? Desculpe? Não lhe parece? Mas é! É a inimiga! — exclama Cavalena. — Isso me parece indubitável!

— E por quê? — volto a perguntar. — Para mim, parece indubitável que ela não queira ser para ele nem amiga, nem inimiga, nem nada.

— Mas é justamente por isso! — insiste Cavalena. — Desculpe, mas será que se deve considerar a mulher por ela mesma? Sempre diante de um homem, senhor Gubbio! Em certos casos, muito mais inimiga quanto mais indiferente! E neste caso, desculpe, a indiferença agora? Depois de todo o mal que lhe fez? E não basta a zombaria também? Desculpe!

Fico a olhá-lo um pouco, recomponho-me com um suspiro perguntando-lhe de novo:

— Muito bem. Mas por que agora quer acreditar forçosamente que no senhor Nuti a indiferença e a zombaria da senhora Nestoroff tenham provocado, sei lá, ira, desdém, propósitos violentos de vingança? Em que baseia seu argumento? Ele certamente não dá sinais disso! Está perfeitamente calmo, espera com evidente prazer seu papel de *gentleman* inglês...

— Não é natural! Não é natural! — protesta Cavalena, dando de ombros. — Creia, senhor Gubbio, não é natural! Minha filha tem razão. Se o senhor o visse chorar de ira ou de dor, delirar, se retorcer, se torturar, amém, eu diria: "Está bem, pende para um ou para outro dos dois partidos".

— Ou seja?

— Dos dois partidos que se pode tomar diante da inimiga. Entende? Mas essa calma, não, não é natural! Nós o vimos louco aqui, por essa mulher, louco de pedra; e agora... mas qual! não é natural! não é natural!

Então, faço um sinal com o dedo que o pobre Cavalena de início não entende.

— O que quer dizer? — pergunta.

Faço novamente o sinal e depois, bem devagar:

— Mais alto, sim, mais alto...

— Mais alto... o quê?

— Um degrau mais alto, senhor Fabrizio, suba um degrau acima dessas considerações abstratas das quais o senhor quis me dar uma amostra. Acredite que é a única forma de ter conforto. E também está na moda hoje.

— Como seria? — pergunta, aturdido, Cavalena.

E eu:

— Evasão, senhor Fabrizio, evasão, fugir do drama! É uma boa coisa, e também está na moda, repito. E-va-dir-se em expansões, digamos, líricas, acima das necessidades brutais da vida, inoportunas, fora de lugar e sem lógica; acima, um degrau mais acima de qualquer realidade que ameace se instalar pequena e crua diante dos olhos. Imitar, enfim, os passarinhos na gaiola, senhor Fabrizio, que fazem sim, aqui e ali, saltitando, as suas porcarias, mas depois voam por cima delas: prosa e poesia; está na moda. Quando as coisas vão mal, quando duas pessoas, suponhamos, brigam de socos ou de facas, para cima, olhe para cima, veja que tempo faz, as andorinhas que voam, ou talvez os morcegos, se passa alguma nuvem, em que fase está a lua e se as estrelas parecem de ouro ou de prata. Passaremos por originais e parecerá que compreendemos mais amplamente a vida.

Cavalena me olha de olhos arregalados: talvez lhe pareça ter enlouquecido.

— Ah — diz depois. — Se eu pudesse fazer isso!

— Muito fácil, senhor Fabrizio! O que isso requer? Assim que um drama se delineie na sua frente, assim que as coisas ameacem tomar um pouco de consistência e estão para surgir sólidas, concretas, ameaçadoras, liberte o louco de dentro do senhor, o poeta atormentado, armado de uma bombinha de aspiração; comece a aspirar da prosa daquela realidade mesquinha, vulgar, um pouco de amarga poesia, e pronto!

— Mas o coração? — pergunta Cavalena.

— Que coração?

— Por Deus, o coração! Seria preciso não o ter!

— Mas que coração, senhor Fabrizio! Nada. Tolices. O que importa o meu coração se Fulano chora ou se Sicrano se casa, se Beltrano mata Alano, e assim por diante? Eu evado, fujo do drama, me expando, isso, me expando!

O pobre Cavalena expande cada vez mais os olhos. Eu me levanto e lhe digo para concluir:

— Enfim, respondo assim à sua consternação e à de sua filha, senhor Fabrizio: não quero mais saber de nada, me cansei de tudo, e gostaria de mandar tudo pelos ares. Senhor Fabrizio, diga à sua filha: eu sou operador!

E vou para a Kosmograph.

III

Se Deus quiser, estamos no final. Só falta, agora, o último quadro da morte do tigre.

O tigre: prefiro, se tanto, sentir pena dele, e vou lhe fazer uma visita, a última, diante da jaula.

A bela fera se habituou a me ver e não se move. Só enruga um pouco as sobrancelhas, de aborrecimento, mas suporta o meu olhar junto com o fardo desse silêncio absoluto, pesado, ao seu redor, que aqui na jaula se impregna da forte catinga da fera. O sol entra na jaula e ela fecha os olhos, talvez para sonhar, talvez para não ver em cima dela as listras de sombra projetadas pelas barras de ferro. Ah, ela também deve estar tremendamente aborrecida; aborrecida também dessa minha piedade; e creio que, para acabar com ela com uma justa compensação, me devoraria com prazer. Este desejo, que reconhece ser irrealizável por causa das barras, faz com que suspire profundamente, e, já que está estendida, com a cabeça abandonada, lânguida, sobre uma pata, vejo se levantar uma nuvenzinha de pó do tablado da jaula, quando suspira. Esse suspiro me dá muita pena, mesmo entendendo por que suspira: há o reconhecimento doloroso da privação a que condenaram o seu direito natural de devorar o homem, que ela tem toda razão em considerar inimigo.

— Amanhã — digo-lhe. — Na manhã de amanhã, minha cara, esse suplício acabará. É verdade que esse suplício ainda é algo para você, e que, quando acabar, para você não será mais nada. Mas entre esse suplício e nada, talvez seja melhor nada! Assim, distante dos seus lugares selvagens, sem poder despedaçar nem causar medo a ninguém, que tigre você é? Ouça, ouça... Estão preparando, lá, a jaula grande... Você já está acostumada a ouvir essas marteladas, e não se importa mais. Veja, nisso você é mais afortunada que o homem. O homem pode pensar, ouvindo as marteladas: "Sim, são para mim, são do ferreiro que está preparando o meu caixão". Você já está no caixão e não sabe: será uma jaula maior do que esta e você terá a satisfação de um pouco de cor local também, vai parecer um pedaço de bosque. A jaula onde você está agora, será transportada para lá e aproximada até coincidir com a outra. Um maquinista subirá aqui, no teto desta, e levantará a portinhola, enquanto outro maquinista levantará a portinhola da outra; você, então, entre os troncos das árvores, entrará cautelosa e maravilhada. Mas logo ouvirá um tique--taque curioso. Não é nada! Serei eu, que estarei rodando sobre o tripé a maquineta; sim, também estarei dentro da jaula com você, mas não se importe comigo! Vê? Um pouco na minha frente tem um outro, um outro que faz mira e atira, ah! você caiu, pesada, fulminada no salto... Vou me aproximar para a maquineta captar sem mais perigo os seus últimos traços, e adeus!

Vai acabar assim...

Esta noite, ao sair do Departamento do Positivo, onde, por causa da urgência de Borgalli, ainda ajudei a revelar e juntar as partes desse filme monstruoso, vi Aldo Nuti vir ao meu encontro para me acompanhar inusitadamente para casa. Logo notei que tentava, ou melhor, se esforçava para não demonstrar que tinha algo a me dizer.

— Vai para casa?

— Sim.

— Eu também.

Em certo ponto me perguntou:

— O senhor foi hoje à Sala de Provas?

— Não. Trabalhei embaixo, no Departamento.

Silêncio por um tempo. Depois tentou com dificuldade um sorriso, que parecia de satisfação:

— Vimos as minhas cenas. Causei boa impressão a todos. Nunca imaginei que pudessem sair tão bem. Uma especialmente. O senhor deveria ter visto.

— Qual?

— Aquela em que por um instante apareço sozinho, em close, com um dedo na boca, pensando. Talvez seja um pouco longa... é muito de perto... com aqueles olhos... Pode-se contar os cílios. Eu não via a hora de sumir da tela.

Voltei-me para olhá-lo, mas logo me escapou uma consideração óbvia:

— Sim! — disse ele. — É curioso o efeito que nos dá a nossa imagem reproduzida fotograficamente, até num simples retrato, quando a olhamos pela primeira vez. Por que?

— Talvez — respondi —, porque nos sentimos fixados num momento que já não está em nós; que permanecerá, e que aos poucos vai ficar mais distante.

— Talvez! — suspirou. — Cada vez mais distante para nós...

— Não — acrescentei —, para a imagem também. A imagem também envelhece, assim como nós envelhecemos aos poucos. Envelhece, mesmo fixada ali sempre naquele momento, envelhece jovem, se somos jovens, porque aquele jovem ali se torna, ano a ano, sempre mais velho conosco, em nós.

— Não entendo.

— É fácil entender, se pensarmos um pouco. Veja: o tempo, dali, daquele retrato, não avança mais, não se adianta, de hora em hora, como nós para o futuro; parece que fica preso ali, mas também se adianta, no sentido inverso; mergulha cada vez mais no passado. Em consequência, a imagem, ali, é uma coisa morta que com o tempo também avança cada vez mais no passado: e quanto mais jovem, mais velho e mais distante fica.

— Ah, sim, assim... Sim, sim — disse. — Mas há algo de mais triste. Uma imagem envelhecida jovem no vazio.

— Como, no vazio?

— A imagem de alguém que morreu jovem.

Voltei-me novamente para olhá-lo, mas ele logo acrescentou:

— Tenho um retrato do meu pai, que morreu muito jovem, mais ou menos com a minha idade, tanto que eu não o conheci. Guardei essa imagem com reverência, apesar de não me dizer nada. Ela também envelheceu, mergulhando, como o senhor diz, no passado. Mas o tempo que envelheceu a imagem não envelheceu meu pai, meu pai não viveu esse tempo. Eu o vejo no vazio, no vazio de toda essa vida que não existiu para ele; eu o vejo com a sua velha imagem de jovem que não me diz nada, que não pode me dizer nada, porque nem sabe que eu existo. De fato, é um retrato que ele fez antes de se casar, um retrato, portanto, de quando ele não era meu pai. Eu não estou nele, ali, como toda minha vida foi sem ele.

— É triste...

— Triste, sim. Mas em todas as famílias, nos velhos álbuns de fotografias, nas mesinhas diante dos sofás dos salões provinciais, pense em quantas imagens amareladas de gente que não diz mais nada, que não se sabe quem foi, o que fez, como morreu...

De repente, ele mudou de assunto para me perguntar sombrio:

— Quanto pode durar uma película?

Não se dirigia mais a mim, como a alguém com quem gostasse de conversar, mas a mim como operador. E o tom da voz era tão diferente, a expressão do rosto mudara tanto, que senti de novo, de repente, mover-se dentro de mim o despeito que, no fundo, alimento há algum tempo contra tudo e contra todos. Por que ele queria saber quanto pode durar uma película? Viera comigo para se informar sobre isso? Ou pelo gosto de me espantar, deixando-me perceber que pretendia fazer algum despropósito no dia seguinte, de modo que aquele passeio ficaria para mim como uma trágica lembrança ou um remorso?

Veio-me a tentação de parar na frente dele e de gritar-lhe no rosto:

"Quer saber, meu caro? Deixe disso comigo, porque não me importo nada com você! Amanhã, ou hoje à noite, você pode fazer todas as loucuras que quiser e lhe agradarem: não me importo! Talvez você me pergunte quanto pode durar uma película para me fazer pensar que você só deixa aquela sua imagem com o dedo na boca? Talvez por acreditar que precisa preencher e espantar todo mundo com essa sua imagem ampliada, na qual se pode contar os pelos dos cílios? O que lhe importa o quanto dura uma película?"

Mas dei de ombros e respondi:

— Depende do uso que se faz dela.

Pelo tom da minha voz, que havia mudado, certamente compreendeu que minha disposição para com ele também havia mudado, e me olhou de um modo que me deu pena.

Ele ainda era, sobre a terra, alguém muito pequeno. Inútil, quase nada, mas estava lá, ao meu lado, e sofria. Como todos os outros, ele também sofria da vida, que é o verdadeiro mal de todos. Sofria por razões indignas, mas de quem era a culpa se nascera tão pequeno? Mesmo tão pequeno, ele sofria e seu sofrimento era grande para ele, apesar de indigno... Era da vida! Por um dos muitos acasos da vida que se abatera sobre ele para lhe tirar todo aquele pouco que possuía, esmagá-lo e destruí-lo! Agora estava ali, ainda a meu lado, numa noite de junho, da qual não podia respirar a doçura; amanhã, talvez, já que a vida se voltara contra ele, não estaria mais: suas pernas não se moveriam mais para caminhar, não veria mais a alameda por onde andávamos, seus pés não estariam mais calçados com aqueles belos sapatos de verniz e aquelas meias de seda, não se alegraria mais, todas as manhãs, mesmo em meio ao desespero, diante do espelho do armário, com a elegância de sua roupa impecável no belo corpo esguio que eu podia tocar, ainda vivo, sensível, ao meu lado.

— Irmão...

Não, não lhe disse esta palavra. Certas palavras, num momento fugaz, se ouvem, não se dizem. Jesus pôde dizê-las, pois não se vestia como eu e não era, como eu, operador. Numa humanidade que se deleita com um espetáculo cinematográfico e admite um trabalho como o meu, certas palavras, certos impulsos do espírito se tornam ridículos.

— Se eu chamasse o senhor Nuti de irmão — pensei —, ele se ofenderia, porque... sim, posso ter-lhe feito um pouco de filosofia sobre as imagens que envelhecem, mas o que sou para ele? Um operador: a mão que roda uma manivela.

Ele é um "senhor", talvez já com a loucura dentro da caixinha do crânio, com o desespero no coração, mas um rico "senhor aristocrata" que se lembra bem de ter me conhecido estudantezinho pobre, humilde professor particular de Giorgio Mirelli na casinha de Sorrento. Quer manter distância entre mim e ele, e me obriga também a tê-la, agora, entre ele e mim: a distância que o tempo e a minha profissão estabeleceram. Entre mim e ele, a maquineta.

— Desculpe — perguntou pouco antes de chegar em casa —, amanhã, como o senhor fará para registrar a cena da morte do tigre?

— É fácil — respondi. — Estarei atrás do senhor.

— Mas não haverá os ferros da jaula? O estorvo das plantas?

— Para mim não. Estarei dentro da jaula com o senhor.

Parou para me olhar, surpreso:

— O senhor também, dentro da jaula?

— Certo — respondi placidamente.

— E se... se eu errar o tiro?

— Sei que o senhor é um exímio atirador. De resto, não há problema. Todos os atores, amanhã, estarão ao redor da jaula para assistir à cena. Muitos estarão armados e prontos para atirar também.

Ficou um pouco pensativo, como se esta notícia o contrariasse.

— Nunca atirarão antes de mim — disse depois.

— Não, claro. Atirarão se for necessário.

— Mas então — perguntou —, por que aquele senhor... o senhor Ferro havia feito tantas exigências, se não há realmente nenhum perigo?

— Porque talvez, com o Ferro, esses outros não estariam armados fora da jaula.

— Ah, então estarão por mim? Tomaram essa medida de precaução para mim? É ridículo! Quem a tomou? Talvez o senhor?

— Eu não. O que tenho a ver?

— Então como sabe?

— O Polacco disse.

— Disse ao senhor? Então, o Polacco a tomou? Ah, amanhã de manhã ele vai ouvir! Não quero, entendeu? Não quero!

— E diz isso a mim?

— Ao senhor também!

— Caro senhor, acredite que para mim tanto faz que acerte ou erre o tiro; faça todas as loucuras que quiser dentro da jaula: eu não me importo, esteja certo. Aconteça o que acontecer, continuarei impassível rodando a maquineta. Lembre-se bem disso!

IV

Rodar, rodei. Mantive minha palavra até o fim. Mas a vingança que quis fazer pela obrigação que me foi dada, como servidor de uma máquina, de alimentá-la de vida, a vida quis virar contra mim. Tudo bem. Mas ninguém poderá negar que eu, agora, tenha alcançado a minha perfeição.

Como operador, agora sou realmente perfeito.

Depois de mais ou menos um mês do atroz fato, de que ainda se fala por todos os lugares, concluo essas minhas notas.

Uma caneta e um pedaço de papel: só me resta isso para me comunicar com os homens. Perdi a voz, fiquei mudo para sempre. Em algum lugar dessas minhas notas está escrito: "Sofro desse meu silêncio, em que todos entram como num lugar de hospitalidade segura. Gostaria, agora, que o meu silêncio se fechasse ao meu redor". Pronto, se fechou. Eu não poderia me estabelecer melhor como servidor de uma máquina.

Mas aqui está a cena toda, como aconteceu.

Aquele desgraçado, na manhã seguinte, foi até o Borgalli para protestar ferozmente contra o Polacco pela figura ridícula, segundo ele, a que o Polacco pretendia expô-lo com aquela medida de precaução. Exigiu que fosse revogada a qualquer custo, avisando a todos, se necessário, sobre sua conhecida valentia de atirador. O

Polacco desculpou-se diante do Borgalli dizendo ter tomado aquela medida não por confiar pouco na coragem ou no olho do Nuti, mas por prudência, vendo o Nuti muito nervoso, como dava prova agora mesmo com aquele protesto tão exaltado, no lugar do devido, amigável agradecimento que ele esperava.

— Além disso — acrescentou, infelizmente, me indicando –, comendador, há também o Gubbio aqui, que deve entrar na jaula...

O desgraçado olhou-me com tal desprezo, que eu logo disparei para o Polacco:

— Não, meu caro! Não por mim, por favor! Você bem sabe que ficarei tranquilo rodando, mesmo se vejo este senhor na boca e entre as patas da fera!

Os atores que vieram assistir à cena, riram, então o Polacco deu de ombros e se conformou, ou melhor, fingiu se conformar. Para minha sorte, como soube depois, pediu secretamente a Fantappié e a um outro para ficarem escondidos, armados, para alguma necessidade. O Nuti foi ao seu camarim para se vestir de caçador; eu fui ao Departamento do Negativo para preparar o alimento da maquineta. Por sorte da Casa, peguei muito mais película virgem do que precisava, a julgar pela duração aproximada da cena. Quando voltei ao pátio lotado, com a enorme jaula no meio representando um bosque, a outra jaula com o tigre dentro já tinha sido transportada e encostada de modo que as duas jaulas encostavam uma na outra. Só era preciso levantar a portinhola da jaula menor.

Muitos atores das quatro companhias estavam dispostos aqui e ali, perto, para poder ver dentro da jaula por entre os troncos e as folhagens que escondiam as barras. Esperei por um momento que a Nestoroff, tendo conseguido aquilo a que se propusera, tivesse ao menos a prudência de não vir. Mas lá estava ela, infelizmente.

Estava fora da multidão, afastada, separada, com Carlo Ferro, vestida de verde brilhante, e sorria inclinando frequentemente a cabeça às palavras que Ferro lhe dizia, mas a atitude sombria de Ferro, a seu lado, parecia deixar claro que aquelas palavras não deveriam ser respondidas com aquele sorriso. Mas aquele sorriso era para os outros, para todos os que a estavam olhando, e foi também para mim, mais vivo, quando a olhei; e me disse mais uma vez que não temia nada, porque eu sabia qual era o maior mal para ela: ela o tinha a seu lado – bem ali – o Ferro; era sua condenação, e queria saboreá-la até o fim, com aquele sorriso, nas palavras grosseiras, que talvez ele lhe dissesse naquele momento.

Tirando os olhos dela, procurei os de Nuti. Estavam turvos. Evidentemente ele também tinha visto a Nestoroff lá longe, mas fingiu que não. Todo o seu rosto estava como que esticado. Esforçava-se para sorrir, mas sorria só com os lábios, nervosamente, às palavras que alguém lhe dirigia. O boné de veludo negro na cabeça, de viseira longa, o casaco vermelho, uma trompa de caça, de latão, a tiracolo, as calças brancas, de couro, aderentes às coxas, as botas com esporas, o fuzil na mão: estava pronto.

A portinhola da jaula grande, por onde eu e ele devíamos entrar, foi levantada do lado de fora; para nos facilitar a subida, dois cenógrafos encostaram uma escada de dois degraus. Ele entrou primeiro, depois eu. Enquanto eu assentava a máquina no tripé, que me trouxeram pela portinhola, notei que o Nuti primeiro se ajoelhou no ponto marcado para seu posicionamento, depois se levantou e foi afastar um pouco, numa parte da jaula, as folhagens, como que para abrir uma fresta. Só pude lhe perguntar:

– Para quê?

Mas a disposição de ânimo que se instalara entre nós já não admitia que trocássemos nenhuma palavra. Eu podia interpretar aquele gesto de muitas maneiras, que teriam me deixado inseguro num momento em que a certeza mais segura e precisa era necessária. Então foi para mim como se o Nuti não tivesse se movido; não só não pensei mais naquele seu gesto, mas foi como se eu não o tivesse realmente visto.

Ele voltou ao ponto marcado, empunhando o fuzil; eu disse:
— Prontos.

Ouviu-se da outra jaula o barulho da portinhola que se levantava. O Polacco, talvez vendo a fera se mover para entrar pela portinhola levantada, gritou no silêncio:
— Atenção, rodando!

Eu comecei a rodar a manivela, com os olhos nos troncos do fundo, de onde já despontava a cabeça da fera, baixa, como estendida espiando em tocaia; vi aquela cabeça se retirar devagar, as duas patas dianteiras se firmarem, unidas, as de trás silenciosamente, aos poucos, se dobrarem e as costas se arquearem para preparar o salto. Minha mão obedecia impassível à medida que eu impunha o movimento, mais rápido, mais devagar, muito devagar, como se a vontade estivesse — firme, lúcida, inflexível — no pulso, e de lá governasse só ela, deixando livre o cérebro de pensar, o coração, de sentir, de modo que a mão continuou a obedecer mesmo quando com terror vi o Nuti desfazer a mira da fera e voltar lentamente a ponta do fuzil para onde, pouco antes, abrira a fresta nas folhagens, e disparar, e o tigre logo depois se lançar sobre ele e com ele se misturar, sob meus olhos, num horrível emaranhado. Mais forte do que os gritos altíssimos de todos os atores fora da jaula que correram instintivamente para a Nestoroff caída com o tiro, mais forte do que os gritos de Carlo Ferro, eu ouvia aqui, na jaula, o surdo bramido da fera e o arquejo horrendo do homem que se abandonara às presas, às garras dela, que lhe rasgavam a garganta e o peito; ouvia, ouvia, continuava a ouvir acima do bramido, acima do arquejo, o tiquetaquear contínuo da maquineta, cuja manivela minha mão, sozinha, por si, ainda, continuava a rodar; e esperava que a fera, agora, se lançasse sobre mim, tendo-o derrubado; os instantes dessa espera me pareciam eternos e me parecia que eu os estendesse eternamente rodando e rodando a manivela, sem poder parar, quando finalmente um braço se introduziu, armado de revólver, entre as barras e atirou a queima-roupa numa orelha do tigre sobre o Nuti já estraçalhado; fui puxado para trás, arrancado da jaula com a manivela da maquineta tão fechada no punho, que não me foi possível soltá-la logo. Eu não gemia, não gritava: a voz, pelo terror, apagara-se em minha garganta, para sempre.

Pronto. Prestei à Casa um serviço que renderá tesouros. Assim que pude, para as pessoas que estavam aterrorizadas ao meu redor, primeiro me expressei com sinais, depois por escrito, para que fosse bem guardada a máquina, que tinha sido arrancada das minhas mãos com dificuldade: aquela máquina tinha no corpo a vida de um homem; eu a alimentara até o fim, até quando aquele braço se estendera para matar o tigre. Tesouros seriam conseguidos com aquele filme, com o barulho enorme e a mórbida curiosidade que a vulgar atrocidade do drama daqueles dois mortos suscitaria em todos os lugares.

Ah, nunca supus que me caberia dar de comer, também materialmente, a vida de um homem a uma das tantas máquinas inventadas pelo homem para seu deleite. A vida, que essa máquina devorou, era naturalmente o que podia ser num tempo como este, tempo de máquinas; produção estúpida, por um lado, louca, do outro, forçosamente, aquela mais, esta um pouco menos, marcadas pela vulgaridade.

Eu me salvo, sozinho, no meu silêncio, com o meu silêncio, que me deixou tão – como requer o tempo – perfeito. Meu amigo Simone Pau não consegue entender isso, pois sempre mais se obstina a se afogar no supérfluo, inquilino perpétuo de um asilo de mendicância. Já conquistei uma vida tranquila com a retribuição que a Casa me deu pelo serviço prestado, e amanhã estarei rico com os percentuais que me foram atribuídos pelo aluguel do filme monstruoso. É verdade que não saberei o que fazer com essa riqueza, mas não demonstrarei isso a ninguém, muito menos a Simone Pau, que vem todos os dias para me sacudir, me xingar, para me tirar deste meu silêncio de coisa, já absoluto, que o torna furioso. Ele gostaria que eu chorasse, que pelo menos com os olhos me mostrasse aflito ou irritado; que o fizesse entender por sinais que concordo com ele, que também acredito que a vida está lá, naquele seu *supérfluo*. Nem pestanejo, fico a olhá-lo rígido, imóvel, e o faço ir embora furioso. O pobre Cavalena, por outro lado, estuda para mim tratados de patologia nervosa, propõe-me injeções e choques elétricos, fica à minha volta para me convencer de fazer uma operação das cordas vocais; a senhorita Luisetta, arrependida, triste pela minha desgraça, na qual quer sentir forçosamente um sabor de heroísmo, timidamente, agora, me dá a entender que gostaria que saísse, senão mais dos lábios, pelo menos do coração, um sim para ela.

Não, obrigado. Obrigado a todos. Agora chega. Quero ficar assim. O tempo é este; a vida é esta; e no sentido que dou à minha profissão, quero continuar assim – sozinho, mudo e impassível – como operador.

A cena está pronta?

— Atenção, rodando...